Love Hazard
～白衣の哀願～

CROSS NOVELS

日向唯稀
NOVEL: Yuki Hyuga

水貴はすの
ILLUST: Hasuno Mizuki

JN264951

CROSS NOVELS

CONTENTS

CROSS NOVELS

CONTENTS

Love Hazard

〜白衣の哀願〜

CROSS NOVELS

1

中東の小国を離陸したジャンボジェット機は、しばらくすると高度一万メートルを超えた雲の上へ到達した。全身に感じる圧迫感と耳鳴りが消え、シートベルトの着用表示ランプの消灯と機内アナウンスが流れて、上杉薫《うえすぎかおる》はホッと息を漏らした。

『はぁ…』

幾分緊張が解けてか、身体を楽にして窓の外を見る。

『穏やかなものだな、雲の上は。この下では大義名分を掲げた争いが大小問わず、未だ跡を絶たないでいるっていうのに――こうして離れてしまうと嘘みたいだ。ついさっきまで、いつ流れ弾にやられるかひやひやしてたっていうのに、ここは常に天下太平だ』

視界には青い空と白い雲が広がり、先ほどまで目にした黄砂は影も形もない。

それどころか半日のフライトを終えた後には、高層ビルが立ち並ぶ大都会が現われるのかと思うと、何やら不思議でならない。同じ惑星の上に生活しながら、こんなにも違う国は存在する。

そして、こんなにも違う国を、いつしか人々は自由に行き来しているにもかかわらず、相容《あいい》れないもののために争いを起こす。お互いの違いを認めて受け入れてしまえばすむだけだろうに、同調や協調ができないがために無駄な争いを繰り返す。

『でも、みんなこれぐらい大らかな気持ちで過ごせたら、不要な争いも、そのために犠牲になる命も少なくなるのにな。所詮人間なんて地球に生かされている動物の一種類に過ぎない。どんなに足掻《あが》いたところで、自然が起こす驚異には逆らうこともできないのに…』

上杉は今一度重い溜息をつくと、シートを倒して瞼《まぶた》を閉じた。

『なんて、こんなことが頭に浮かぶってことは、心底から気が緩んでる証拠だな』

エコノミークラスのシートでさえ、ここ数年国を離れて争いの絶えない他国で過ごした上杉にとっては極上なベッドだ。少なくともここには、突然砲弾が撃ち込まれることはない。マシンガンが唸りを上げる音も聞こえなければ、人々の慟哭《どうこく》も悲鳴もない。

『まあ、今だけかもしれないが…』

ぼんやりしながら睡魔に身を委《ゆだ》ねると、いつしか上杉は深い眠りに落ちていた。

『な…、章徳《あきのり》』

そうして成田《なりた》へ向かう機内の中で、上杉は真っ青な空と白い雲が広がる夢を見た。

＊＊＊

五年前のことだった。その日、成田は朝から快晴だった。

離着陸する旅客機を阻《はば》む風もなく、真っ青な空には真っ白な雲が浮かんで、まさに小春日和《びより》だ。

「遅いな…」

第二ターミナルの国際線到着ロビーを意味もなく歩き回っていた上杉は、数分ごとに腕時計を眺めては騒ぐ心をもてあましていた。

待合席は点々と空いているが、どうしても腰を落ち着ける気になれない。直《じき》に三ヶ月ぶりとなる恋人に会えるかと思うと、いても立ってもいられなかったのだ。

「まだかよ。もうとっくに到着してるはずなのに、いつ出てくるんだ…んっ⁉」

しかし、いつになくソワソワとしていた上杉が、突然ピタリと足を止めた。

「黒河《くろかわ》先生！　黒河先生じゃないですか？」

声を発すると同時に、人混みの中で見つけた一人の男のもとへ駆け寄っていく。

「っ⁉」

黒河と呼ばれた男は、上杉のことがわからないのか眉を顰《ひそ》めていた。

年の頃は上杉よりも一つか二つ上だろうか、黒髪と黒い目が印象的で、とても艶やかな男だ。

「やっぱり黒河先生だ。ご無沙汰しております、上杉です。以前先生が特別講義を受けに来られた私立聖南《せいなん》医大の外科医です。その節は何度か席をご一緒したことがあったのですが――――」

嬉しさのあまりまくし立てた上杉の声が、次第に小さくなっていく。

「すみません。わかるはずがないですね。数日ご一緒しただけですし、先生の周りには常にたくさんの方がいらっしゃいましたから」

仕事柄もあり人に接することが多いのは、上杉も黒河も変わらない。

それだけに、余程必要かまた印象的な相手でなければ記憶に残る確率は少ない。

上杉にとって〝若き天才外科医〟と称される黒河は、何年経《た》っても忘れられない人物だったが、黒河からしたらどうであろうか。そう考えると、上杉は年甲斐もなくはしゃいだ自分が恥ずかしくなり、口元を手で隠した。

声をかければ応えてくれると信じきっていたことに、後悔も覚えた。

『とんだ恥晒しだな』

だが、「失礼しました」と言って去ろうとした上杉を見て、今度は黒河がハッとした。

「聖南…？　ああ、あんとき隣の席にいた研修医か!!　確か聖南の院長の外孫だったよな？」

上から下までじっくりと眺めてから、上杉の素性を言い当ててきた。

「覚えていてくださったんですか？」

「男でも女でも美人は忘れない質《たち》なんだ。特にこうして尻を触った相手はな」

ただ、黒河の記憶を引き出すきっかけとなったのは、どうやら上杉が生まれ持った肩書のためではなかったらしい。そこにいるだけで一際《ひときわ》目立つ存在感、オフホワイトのトレンチコートを華麗に着こなしてしまうスレンダーな肢体、何より気丈さと品を合わせ持った類《たぐ》い稀《まれ》な美貌。

そして――――。

「っっっっ、黒河先生っ!!」

意外に人懐っこくてコロコロと変わる素直な表情といった、自身が持つ魅力によるものだった。

「あっはははは。冗談、冗談。また、これだから男子校上がりの男はって、はったおされたくねぇもんよ。しかも、こんな場所で」

「もう…。お変わりなくて安心しました。相変わらずのようですね、黒河先生は」

上杉は、場所柄もわきまえずに触られた尻を両手で隠して、声を震わせた。

「おかげさまでな」

他の者ならこの場で蹴りの一つも出そうだが、黒河が相手ではそれもできない。

どんな理由であっても、覚えてもらっていた喜びのほうが勝ってしまう。

こうして笑って会話をしてもらえるほうが、セクハラへの怒りも軽く超えてしまうのが、上杉にとっての黒河療治《りょうじ》という医師だ。よくも悪くも困った存在なのだ。

「で、今日は？　お一人でご旅行でもされてきたんですか？」

上杉は気を取り直すと、周りに連れがいないことを確かめた上で黒河に話し続けた。

「いや、研修でニューヨークの聖フォード医大に行ってきたんだ。そこでトリアージについての講習会があったから」

「トリアージの…。それはお疲れ様でした」

黒河はサラリと答えてくれたが、その目的を聞いたとたんに、上杉の表情が険しいものになる。

「日本《にほん》はまだまだ遅れてますよね、いろんな面で。でも、さすがは国内でもトップクラスの東都《とうと》医大。若手のエースを研修に送るなんて、細部にまで力が入ってますね」

トリアージ――――それはフランス語で『選別』を意味する言葉だった。

医療現場では、人材と資源の制約をしいられる災害医療において、最善の救命効果を得るために傷病者を重症度と緊急性によって分別し、治療の優先度を決定することを意味している。

「いや、講師側の一人として呼ばれたんだ」

「講師？」

「まだまだ経験のある医師は少ないからな」

「――――…あ。そうだったんですか」

その歴史をたどるならば、ナポレオンの遠征時代にまで遡《さかのぼ》る。

戦争中の兵士たちが一度に負傷した場合、一つでも多くの命、戦力を救い、少しでも早く戦場に戻すために〝助けられる可能性の高い人間〟を優先したことから始まったとされている。

『そういえば、黒河先生は研修医時代に自ら進んでテロや部族紛争の絶えない中近東諸国に出向いた経験のある人だっけ…。確か、ご両親もボランティア医師と看護師で、先生が子供の頃に誤爆の犠牲になって亡くなったって聞いた気がする』

そして、日本国内でもっとも大規模なトリアージが行なわれたのは、阪神淡路《はんしんあわじ》大震災だった。が、そのときにはまだ万全の準備と対策が取れておらず、犠牲者の縮小に成功したとは言い難い結果になっている。

これに関しては、選別する医師の能力だけが向上すればいいというものではない。

消防、地域医療、それらすべてがきちんとしたネットワーク管理をされ、スムーズに機能する環境や人間が整わなければ、その効果を最大限に発揮することはできない。

どんなに先進国だと言われていても、そういう意味でまだまだ日本は遅れているのだ。

『災害が起こらなければトリアージを必要としない国ではなく、日々それが必要とされるような土地で多くの命を救ってきた医師。そして同じほど、もしくはそれ以上に、目の前で失われていく命を見届けてきたのが黒河療治という医師だ』

上杉も、こうして言われて初めて意識する辺りで、最先端医療の現場にいながら自分も遅れているのだなと、しみじみ実感したほどだった。

「でも、黒河先生の講義なら、私も聞いてみたかったです。残念だな、もっと早くにわかっていれば、自腹を切っても出向いて講義に紛《まぎ》れ込んだのに」

未知なる病、未知なる治療への探究心を持つ医師は多いが、それに比べたら突発的な事故に対しての構えを強化しようと心がける医師は少ない。

人体の中で生息する病巣にばかり気を取られ、人がいつ何時《なんどき》災害が起こるともわからない自然の中で生活していることを、いつの間にか見逃しているのかもしれないが――――。

「大したことなんか言ってないさ。道徳や倫理を重んじるのは、すべてが終わった後でいい。そのときだけは精密な測定器であれ。優秀な選別機であれ。そう言ってきただけだ」

「精密な測定器…。優秀な選別機ですか」

上杉は、ここで黒河に出会い、こうして話を聞いたことが、今後の自分が何をすべきかを暗示しているのだろうかと感じ始めた。

「人としての情や迷いは被害を拡大するだけだからな。トリアージの目的を第一に考えるなら、そのときだけは自分も医療機器の一つになったつもりでいるほうがいい。状況と数字だけで的確に患者を四段階に振り分ける。他には何も考えないことが、限られた時間の中で一番被害を少なくする方法だ」

「わかりました。ありがとうございます。今の言葉、心しておきます」

これまで知識でしか理解していなかったトリアージ。だが、上杉と同じような気持ちや感覚でスルーしていた医師は多いはずだ。単に黒河のような医師が稀なのであって、平和な日本ではまだまだそれを必要とする現場に立ち会う機会は極貧だ。一度に何百人という負傷者を前にする事故など、そうそう起こらないだろうから。

「で、お前は？　やけに軽装だけど」

「ああ、私は知り合いの出迎えに…、と、なんでしょう？」

上杉がそんなことを考えていると、突然ロビーがざわめき始めた。

「ああ。やけに騒々しいな」

二人は揃って辺りを見渡した。

「――――なんだ、あの飛行機…。おかしいぞ」

「突っ込む…。このままだと着陸したばかりのカメリア航空機に、突っ込んでいく」

ロビーにいた客たちが次々と声を上げ始める。

「カメリア航空機に、突っ込む？」

なんのことかと思い、上杉も視線を窓の外にやる。すると確かに、離着陸が見渡せる一面の硝子窓の向こうでは、着陸したばかりの小型ボーイングが機体を揺らしながら滑走を続けていた。

徐々に失速はしているようだが、操縦不能なのか、機体は角度を変えながら先に停まっている航空機に間違いなく向かっている。

「なっ!!」

そうして上杉が両目を見開いた瞬間、機体と機体は接触し、轟音を上げた。

「うわぁっ!!」

「きゃぁぁぁぁっ」

人々が驚愕《きょうがく》の悲鳴を上げる中で、小型のボーイングは中型のボーイングの左側面から尾翼にかけて追突し、その巨大な機体の右翼を破壊し、横倒させて止まったのだ。

「何が…、何が起こったっていうんだ!?」

「突っ込んだ!! 中東航空の旅客機が、カメリア航空の旅客機に突っ込んで横転させたぞ!!」

「バスも巻き込んだぞ!!」

しかも、搭乗客を迎えに出ていたリムジンバスが二機の間に挟まれた衝撃で、いびつな形で潰《つぶ》れている。

「そんな、馬鹿な」

目の前で起こった大惨事に、思わず上杉は声を漏らした。思考が止まり、目の前が真っ黒になる。瞬《まば》きさえできないまま、上杉は呆然として立ち尽くした。

「何をしてる。来い、上杉」

だが、そんな状態は数秒とは続かなかった。上杉は声を荒らげられると同時に腕を摑まれ、引っ張られ、おぼつかない足取りのまま黒河に移動をしいられた。

「えっ…、どこへ!?」

あまりのことに動揺してか、事態が上手く把握できない。

「被害者の救出だ。いや、状況によっては最悪、選別作業になるかもしれない」

「選別…作業って…、トリアージ!?」

そう、それはあまりに突然やってきた。

予告もなく、心構えさえできていない上杉の前に、あまりに突然に。

「この先は通行禁止です。引き返してください」

すでに利用客たちがパニックを起こし始めた空港内では、係員や空港警察によって通行規制がかけられ始めていた。

「ここからは通れません!!」

「あっちか」

黒河は、あえて黄色と黒のツートンカラーのテープが渡され、通行止めとなった場所を探していたのか、それを見つけると猛然と走った。

「ここからは通れません!!　引き返してください」

両手を広げた警備員の声は、すでに掠《かす》れている。

「俺たちは医者だ。協力できることがあるはずだ。事故現場に通してくれ」

「っ!!　はい。では、このまま奥にどうぞ。誰かこの人たちを案内してくれ。二人とも医師の先生だ。協力を申し出てくれた」

「はい！　では、私が案内します」

二人は、黒河の言葉によってこの現場に必要不可欠な人材であることが説明され、限られた者たちだけが立ち入ることを許された事故現場へ確実に近づくことができた。

『動揺している場合じゃない。しっかりしろ、俺は医師だろう』

上杉はここに来て、ようやく自分の意思で走り始めた。

それを理解してか、黒河の手も自然に放される。

「いいか上杉、覚悟しとけよ」

「はい！」

そうして奥へ走ると、二人の視界には空港内から早急に集められたのだろう救急対応要員や医師たちの姿が飛び込んできた。

「雛形《ひながた》先生！　応援です。こちらのお客様方が、協力を申し出てくださいました」

「それはありがた…黒河っ!!　黒河じゃないか」

「先輩!?」

偶然にも空港関係者の中に知り合いがいたのだろう、一人の男が黒河を見るなり歓喜の声を上げた。

「戦場で味方に出会った気分って、まさにこれだな。心強いよ、黒河!!」

黒河が「先輩」と呼んだ雛形は、上杉同様青ざめていた。

白衣を着込んでいるところを見ると、もともと空港内で勤務していた医師のようだが、こんなことに遭遇するのは彼も初めてなのだろう、黒河を見るなり縋《すが》るような目をした。

「俺も先輩がいてくれて、協力しやすいです。それで、被害状況は？」

「追突されて横転したカメリア航空機の乗客、乗務員が合わせて二百二十名前後。追突したほうの中東航空の小型ボーイングに関しては、まだ情報確認ができていないが、基本定員百名前後の機体だけに、その搭乗率によっては――」

嘘でも夢でもない現実に、上杉は次第に追い詰められていった。

「合わせて三百は超えますね。軽傷者が多いことを祈るしかないな」

「それでも三割から四割は重傷者だと思ったほうがいい。先に到着していたカメリア航空機の乗客は、降りるためにほとんどの人間がシートベルトを外して、席から立っていたそうだ。機体に挟まれたリムジンバスの中にも乗客が乗り込んでいて…、ほぼ満席だったと聞いている」

悲惨としか言いようのない説明に、言葉も出ない。

『あの潰れたバスの中に⁉』

呼吸さえ止まりそうになる。

「で、この近くに救急施設はどれくらい？」

それでも黒河だけは冷静だった。

「市内にいくつかはあるが、この数ではどこまで対応できるか」

「近県、東京《とうきょう》への応援要請は？ 搬送ヘリの手配は？」

「上の者たちがしているが、どこまで対応してくれるか。いや、機能するか未知数だ」

「それでもここは空港です。もともと、ある程度の事故や災害に対しての準備なら、一般道よりは数段いい。何より外から応援を呼べる敷地、患者を選別できる広さもある。羽田《はねだ》空港の一部と直行便を使用できるように手配してもらえれば、確実に東京と神奈川《かながわ》に患者を分散できる。あとはヘリポートないし、その施設を近くに持っているビルの使用許可が取れれば、ダイレクトに救急対応病院に患者を搬送できます」

黒河の的確な判断と力強い言葉が、凍りついたようになっていた上杉の精神を溶かし、逆に熱くする。

「三百と考えたらお手上げですが、優先すべき重傷者を百と考えれば、少しは希望も見えてくる。成田周辺の医大と救急病院にまず二十人。東京に五十人。神奈川に三十人。成田と羽田の双方に、半径三十キロから四十キロ内に設置されている消防署から救急車を集めれば、合わせて百台ぐらいにはなるでしょう。二時間内に搬送できれば、それだけ生存率は高くなる」

「確かに。そう考えれば一般道や街中の事故よりは、交通渋滞を回避できるだけ希望が湧くな」

きっとそれはこの場に居合わせた雛形も同じだろう。

黒河と話をするうちに、つい今し方まで震えていた声がしっかりとしてきた。

「でしょう。ただし、重傷者に対応の利く病院施設に的確に患者を搬送することが不可欠です。送り先を間違えたら、助かる者も助からない。ここは消防と病院側の連携がネックですがね」

「そうだな」

上杉は、いつしかそんな二人に背を向け、携帯電話を取り出していた。

自分が勤める医大へ、祖父へじかに連絡を取ると、まずは自分にできることから始めた。

「黒河先生、うちの院長に連絡がつきました。学会を通じて対応できる病院に待機を呼びかけ、受け入れ可能な人数を明確にして、消防庁のほうに連絡してくれるそうです」

「ＯＫ。理想的だ。どうやらもう一人、心強い味方がいたみたいですよ、先輩」

上杉の行動と報告に、黒河が笑う。

「ああ。ありがたい」

雛形も、緊張が解けないままでも力強くうなずく。

「じゃあ、行くぞ」

意を決した雛形の白衣のポケットからは、タイムカードほどの大きさの用紙に紐が付いた札の束が出された。

『トリアージ・タッグ』

それは負傷者を選別したのち、判定に関するデータ記入とその結果を四色マーカー付きのカードで表示するもので、一般的には傷病者の右手首に取り付けるものだ。

マーカーのカラーは札の下から緑、黄色、赤、黒の順に並んでおり、判定結果が一目でわかるように不要な色の部分は切り取り、先端にある色で負傷者の状態を表すようになっている。

「応援が来れば、この場での治療に回ってもらう。しかしそれまでは、一緒に選別作業に当たってくれ」

「わかりました」

本来人手があれば、この選別作業は治療には直接関与しない専任の医療従事者が行なうことが望ましいものだった。だが、現状ではその選別ができる人員そのものが不足していることから、タッグは黒河や上杉にも手渡される。

『これがトリアージ・タッグ』

わかってはいてもそれを手にした瞬間、上杉の背筋には震えが走った。場合によっては人一人の生死を分けてしまう命の札は、災害救急の現場に遭遇したことのない上杉には、あまりに重すぎたのだ。

「いいか、上杉。自力で移動できそうな者には、声だけかけろ。俺たちがじかに選別するのは、どう見ても動けない人間だけでいい。時間との勝負だ、そこは割りきっていけ。応援が来るまでに一人でも多くの重傷者を選別しておくことが、第一段階の仕事だからな」

「わかりました」

それでも上杉は、自分の前を走る黒河がいるから、共に現場に走ることができた。

「まずはリムジンバスからだ。お前はこのまま順に見ていけ。俺はバスの中心から行く」

「はい。黒河先――っ」

『なんだ、これは…。バスが…、中の人間が…、ぐちゃぐちゃじゃないか!!』

生き地獄としか思えない血の海の中に、あえてその中心に飛び込んでいった黒河の姿があったからこそ、湧き起こる恐怖や躊躇《ためら》いさえも、いっとき捨てることができた。

『駄目だ。余計なことは考えるな。選別時間は一人一分。一分で人一人を振り分けるんだから、全神経を集中させろ。できる限り正確に選別し、手順よく重傷者を搬送してもらえれば、それだけ助かる命が増える。必ず増えるんだから』

上杉は、とにかく黒河に言われたことを守って、行動を始めた。

「起き上がれる人は、移動してください!! 手を貸し合って、この場から少しでも離れてください」

バスや飛行機から離れた場所に倒れていた乗客たちは、比較的に軽傷者が多かった。色別するなら緑（カテゴリーⅢ）から黄色（カテゴリーⅡ）。早急搬送の必要がない軽症患者から、今すぐ生命にかかわる重篤な状態ではないが、早期の処置が望ましい患者たちだ。

「少しだけ辛抱してください。すぐに救急車が来ますから、どうか頑張って」

しかし、そこから奥に進むにつれ、目を覆いたくなるような重傷者は急増していった。

「何をしてる!!　こっちが先だ」

「無理だ。人も担架《たんか》も追いつかない」

「どうにかしろ」

あまりの事態に救急隊員や駆けつけた救助隊も散乱し始めている。

「早くしてくれ。一刻も早くここから怪我人を！」

指揮系統が乱れ始めているのが、素人目に見てわかる。

誰もが地獄絵図のような惨事の中で、懸命に救出作業を行なってはいるが、噎《む》せ返るような血の匂いが本能と判断力を狂わせる。必死になればなるほど緊張は高まり、切迫されていき、その場で救助作業を行なっている者たちの形相を変えていくばかりだ。

『ここは、どこだ？　戦場か!?』

どんなに黒河のように冷静な判断ができる人間がいたとしても、これではどうにもならないと上杉は感じた。

現場がこれでは、外でどんな対応をしたところで、何も追いつかないだろう。たとえ的確に指示が出されたとしても、それがこの場で動く人間の末端まで行き届き、またそれに見合う行動として追いつかなければ、被害は拡大する一方だ。早急さを求められれば求められるほど、事態は悪化していくように思えてならない。

『いけない。周りは見るな。もう、目の前の負傷者だけを見ろ!! こんなんじゃ黒河先生のところまでたどり着けない。真の修羅場まで行き着けない』

しかし上杉は、この先には黒河がいる、おそらく人が人の形ではなくなっているだろう遺体や負傷者が散乱している真《ま》っ直中《ただなか》にいるのだからと、自分に言い聞かせ、横たわる負傷者たちを診ていった。

『気道確保――――。だめだ、確保しても呼吸がない。意識もない』

そうして初めて行き着いた。

色別するならば赤（カテゴリーI）から黒（カテゴリー0）の負傷者。

『今すぐ…、今すぐ治療に当たれれば、蘇生の可能性はあるはずなのに！』

生命にかかわる重篤な状態で、一刻も早い処置が必要とされる者。そして死亡あるいは救命のためには現況以上の救命資機材、人員を必要とし、事実上〝救命不可能〟と判断せざるをえない患者たちの中で、もっとも判断が問われる〝完全な死亡ではない〟黒の負傷者。

『精密な測定器…。優秀な選別機』

上杉は、タッグに現状の詳細を記載し〝黒の判定〟をしながらも、なかなか赤のマーカーを切り離すことができなかった。

『可能なのか!? そんなものになれるのか!?』

診断・処置内容
特記事項
0
I
II

一分一秒を争う最中に、迷いは被害を拡大する。

選別が遅れることで、助かるはずの人間さえ助からなくしてしまう。

それはわかっているのに、目の前にある命のタッグが切り離せない。

上杉には、どうしても手にしたタッグの赤以降を切ることができなかった。

「っ!? 何をしてる、上杉」

すると、黒河が声を張り上げ、駆け寄ってきた。

「黒河先生…っ」

上杉は動揺や困惑が隠せないまま、タッグを持つ手を震わせている。

しかし、

「迷うな。今言えるのはそれだけだ」

上杉の手からタッグを奪うと、黒河は記載された詳細を目にするなり赤タッグの端を切り離した。

「っ!!」

「思った以上に状況が悪い。お前が迷えば、犠牲者が更に増える。助かるはずの命が助からない」

すぐさま負傷者の右手に、黒のタッグを紐でくくりつけた。

「いいな、わかったな」

そう言いきった黒河には、確かに迷いも情もなかった。自らが弁を振るったように、今だけは選別することだけに徹し、それ以外は何も考えていないようだった。

「っ…っ、はい」

上杉は、うなずくと次の負傷者を選別していった。決して安堵《あんど》できる状態ではない者ばかりが続いたが、それでもタッグに赤の判定ができるとホッとした。

黒でないだけで、救われたような気になった。

『っ――――!?』

だが、そうして機体やバスに近づくにつれ、すでに他の者によって付けられた黒タッグを目にすると、上杉は一つの違いに気づいて愕然とした。

『黒河先生…!!』

たまたま目にした二人の負傷者と、そして二枚の黒タッグ。どちらも記載されている内容に大差はないが、片方には選別実施者の名前がなかった。

『精密な測定器。優秀な選別機？』

限られた時間の中で急かされる作業だけに、自分のサインまで気が回っていないのだろう。

よく見ればほとんどの黒タッグには、選別者の名前が記載されていない。

むしろそれがなされていたのは、黒河が選別をしたタッグだけだ。

『いや、そうじゃない。これは、黒河先生が医師である証《あかし》だ。たったこれだけのメモ欄が死亡診断書になってしまうということを誰より理解しているからこそ、ただの一枚も漏れることなくサインが入れられているんだ』

上杉が、この場で救わなければいけないのは多くの負傷者であって、自分ではない。

ホッとしていいのは、この瞬間も苦しんでいる負傷者であって自分ではないことに気づくと、手にしたペンを力強く握り直した。

『気を引き締めろ。現実を、事実を見誤るな』

それまで以上に負傷者を選別することに心血を注ぎ、迷うことなく被害が大きくなっているばかりの事故の中心部へと進んでいった。

『今は、一つでも多くの命を救うことだけを考えろ。他には何も考えるな』

黒河と雛形は、乗客と乗員を合わせて三百人は超えていると言っていた。

少なく見積もっても、重傷者は三割から四割はいるだろうと予測もしていた。

『この一分一分に、全神経を注げ。医師である責任と誇りを持て』

しかし、それが本当なのかどうなのかもわからない事態は、それからしばらくの間続いた。

『俺は、医師だ』

上杉は、倒れている者たちを何人見ても減った気がしなかった。待てど暮らせど、応援の到着も知らされない。外科医である自分が、この場で負傷者の治療に当たることさえできない。かなりの枚数を渡されたように感じたタッグが、これで足りるのかと思うほど、負傷者たちは上杉の目の前に広がり続けている。

『俺は、医師だ』

それでもそんな状況にようやく終わりが見えた頃、上杉の視界に残ったものは搬送を後回しにされた黒タッグの負傷者、すでに死亡している者たちばかりとなった。

『俺は…俺は…、っえ?』

そしてその中には、皮肉にも再会を楽しみにしていたはずの男が横たわっていて────。

「嘘…だろう？」

上杉は、このときになって初めて知った事実に、目眩《めまい》を起こした。

「章徳…？　章徳…!?」

あまりにむごい現実に膝を折ると、力の抜けた両手で還《かえ》らぬ男の頬を撫でる。すると、その手のひらからはすでに男が温もりをなくし、硬くなり始めていることが、はっきりと伝わってきた。

「章…っ、うわぁっっっ!!」

声を上げると同時に、亡骸《なきがら》にしがみつく。

「章徳っ、章徳っ、章徳っ!!」

それから上杉は、気も狂わんばかりに泣き叫んだ。

いったいどれほどそうしていたのかはわからないが、慟哭は意識をなくすまで続いた。

「上杉、上杉」

「章徳っっっ!!」

意識を取り戻しても尚、終わることがなかった。

＊＊＊

真っ青な空と白い雲が一瞬にして真っ赤に染まった。

そんな夢のために上杉は、否応なく深い眠りから目を覚ますと涙に濡れた頬に手をやった。

「っ……」

痛む心を抑えて、嗚咽《おえつ》を呑む。

だが、どんなに泣いたところで事実は変わらない。

過ぎた時間は戻らないし、亡くした命も還らない。

『章徳……』

上杉は、その後しばらく窓の外を眺めながら残りのフライト時間を過ごした。

『日本に戻ったら、最初に会いに行くか』

日本に戻れば戻ったで、すぐに多忙な毎日が始まる。

また夢を見る時間さえなくなる。

それがわかっているから、機内で過ごすひとときだけは、ぼんやりとした時間を楽しんだ。

『な、章徳』

今も心の中にいる、最愛の男と共に――。

久しぶりに降り立った成田空港から自宅マンションへ戻ると、荷物を置いた上杉がその足で向かったのは、都内にある霊園だった。

「元気だったか？　早いもんだよな、お前が逝《い》ってから五年。もう、五年も経つんだよな」

上杉は航空機追突事故を機に、勤めていた大学病院を辞めていた。

いっとき白衣を脱ぐことも考えたが、それではあのとき亡くなった人々に対して申し訳ない気がして、それだけは思いとどまった。そして、自分の未熟さを鍛え直すように、あえて危険な土地を選んでボランティア医師として出向いた。尊敬する黒河と同じとまではいかずとも、それに近い体験をすることで、少しでも近づければと思ったのだ。

「さすがにもう新しい恋人でも作ったか？　いい相手がいたら、俺のことは気にするなよ。お前が寂しいのは嫌だから、お前が幸せなほうが俺も嬉しいから、いい相手がいたら一緒になっちまえよ」

だが、あれから五年の月日が経ったものの、その間国内においてのトリアージ技術が向上したかといえば、めざましいと思えるほどの成果はなかった。

そうでなくとも日々の仕事に追われ、医師不足に悩む日本の医療機関では、そこまで手が回らないのが実情だ。いつ起きるともわからない災害よりも、目の前にいる患者を優先してしまうのは、医師としても人としても致し方がないことだ。

しかし、そんな中にもどうにか現状を打破しようと、意欲を見せる者たちはいた。

日頃から備えることこそが、いざというときに大事な命を救う力になる。その思いから、多忙な中でも災害に備えよう、医療関係者のトリアージに対するレベルそのものを向上させようと、本腰を入れて動き出す者たちはいたのだ。

「――……あ、そうだ。今日はこれも報告に来たんだ。今度、東都医大に行くことになった。ほら、前に話したことがあっただろう。あの黒河療治先生のいる病院だよ。今や国内でもトップクラスの外科医になっていて、同じ職場で働けるかと思うと今からワクワクするよ」

そして上杉は、そんな者たちの中の一人から熱心な呼びかけを受けて、今回の帰国を決めた。

トリアージの強化訓練を指導する者の一人として、黒河も勤める東都大学医学部付属病院へとしばらく身を置くことになった。

「え？　尻には気をつけろって？　わかってるよ。でも、さすがに俺もそんなことされる年じゃないから。それに、噂ではすごい恐妻家みたいだから、最近じゃ大人しいって。妻っていっても学生時代の同級生らしいけどね」

自分にどれほどのことができるのかは、わからない。黒河ほどの何ができるのかとも、正直思う。

「なんだ、残念だな…って？　そんなことはないよ。何度も言うけど黒河先生は同じ医師として尊敬してるし、敬愛してる。でも、それだけだよ。お前と付き合う前から、そうだった。出会ったときから、オーラが違ったっていうか…。きっとあの人は、神に選ばれた人なんだろうな」

それでも上杉は、あれから五年という月日を無駄に過ごした覚えはない。日本にいたのでは決して学べないものを学んできた、身につけてきたという気持ちはあるので、自身を見直す意味も込めて東都へ行くことを決めた。そして、どれほど成長しているのかわからない今の黒河療治の傍《そば》に、あえて自分を立たせてみることを決めたのだ。

「それも神の領域に入ることを許された数少ない医師で、どこまでも同じ医師として焦《こ》がれ続けたいっていう気持ちのほうが勝っちゃってるから、俺には邪《よこしま》な感情が起こらないんだろうな――――なんて、こんな話しても、もうやきもちも焼いてくれないんだろうけど」

ただ、医師としての強い精神と決意はあるものの、一個人に戻ったときの上杉は、どこか儚《はかな》げだった。

「どんなに浮気しても、他の男と寝ても、夢枕にさえ立ってくれないし。本当は俺のこと恨んでるんだろう？　あのとき助けてやれなかった、俺のこと――――」

最愛の恋人を亡くし、傷ついたままの弱々しい存在だった。

「嘘だよ。お前がそんな奴じゃないのはわかってる。夢にさえ出てきてくれないのは、俺にちゃんとしろってことだよな。いい加減にもう現実を見ろ、新しい恋でもしろって言いたいんだよな」

上杉は亡くした恋人の墓前で両膝をつくと、敷き詰められた砂利を摑みながら、言葉をかけ続けた。

「お前の姉さんにも言われたよ。お前の分まで長生きして、充実した仕事して、他の誰かと幸せになることが何よりの供養だからって。そうでないとお前が成仏できないからって…。でもさ…」

どれほど話しかけても、返ってこない。

それはわかっていても、彼にだけは胸の内を明かし続けたかったのだ。

「つ…。駄目だな、俺。やっぱり、まだお前のこと、ちゃんと成仏させてやってないな。本当の意味で、供養できてない。けど、仕事だけは頑張るから。俺なりに幸せになるから。だから、お前はお前でちゃんと幸せになって。新しい相手見つけて、上手くいったら報告に来て」

他では決して見せることのない涙も零《こぼ》して、ここでしか吐き出せない思いを口にした。

「そしたら、俺も踏んぎれるかもしれない。仕事以外にも、目を向けられるかもしれないから」

上杉は、すべてを告げると立ち上がり、墓石に刻まれた名前を見つめた。

「じゃあ、行くよ。次に来るときは親友として来られるようにする。お前がやきもち焼いてくれるような恋人作って、自慢できるように努力するから、お前もそっちで幸せになってくれよな」

彼に一つの約束をして、墓石に背を向け、立ち去った。

「――っ!!」

それでも視線が足元に向いていたせいか、上杉は肩に衝撃を受けると慌《あわ》てて顔を上げた。

「すみません」

咄嗟《とっさ》に謝罪を口にしたが、目の前にいたのは喪服姿の男たち、それもかなりの人数だった。

『うわっ。法事に集まったっていうより、Vシネマの撮影みたいだな』

失礼だとは思ったが、上杉の正直な感想が苦笑に繋がった。

『――義足？』

が、その集団の中に、一人だけ右足が義足だとわかる男に目が行くと、自然と眉を顰めてしまった。

『痛々しいな、まだ俺と同じぐらいだろうに…』

見ればずいぶんとハンサムな男だ。たとえ片足が不自由だったとしても、さしてハンディとも感じない。意志の強さも感じられる。

「何見てんだ、コラッ」

しかし、後列から一際厳《いか》つい男が現われると、上杉に向かって怒鳴り声を上げてきた。

『げっ、本物だった？』

それが怖いとは感じなかったが、上杉はしまったと思った。

帰国早々、面倒なことにはなりたくない。それも極道相手になんて――――と。

「やめねぇか、こんな日に」

だが、そんな心配は義足の男が一声で晴らしてくれた。

「すいません、組長」

「いいから、もう行くぞ」

簡単なやりとりを目にし、上杉は義足の男が組の長《おさ》なのだと知った。

「うちのもんが脅《おど》かしちまって、悪かったな。勘弁しろよ」

そして、すれ違いざまに頭を下げてきたこの男は、いったい組の中ではどんなポジションにいるのだろうか。上杉は、組長のもっとも傍にいた若い男と目が合い、声をかけられると、その硬質な中にも色香が漂う凄艶な容姿に、つい目が釘づけになった。

『頬に傷――――事故か何かで負ったものか？　かなり深い。まだまだこれからって年頃で、しかもせっかくの男前なのに、さぞ悔しいだろうな』

「いえ」

そう返事をしながら、なかなか視線を外すことができない。

『それにしても、やっぱりVシネマか？　組長にしても、この男にしても、粒が揃いすぎだ。特にこの男のほう、まだ二十代の半ばぐらいだろうに、艶やかで極上すぎる』

笑っていいのか、感心していいのか、複雑な思いに捕らわれる。

「若」

しかし、彼にかかった呼び声によって、ふっと我に返る。

「おう」

組長の身内か何かだろうか？

若と呼ばれた男は一笑すると、そのまま上杉の脇を通り過ぎていった。

『若――――ね』

上杉は何事もなかったように、自分もその場から離れていく。

「ありゃ、男にしておくにはもったいない美人だったな。目がウサギちゃんだったが、誰の墓参りだったんだろう？　女か？」

決して頑丈とは言い難い上杉の後ろ姿をチラリと見た組長が、何を口にしたのかは聞こえない。

「さあ…。なんにしても、よっぽど大事な相手だろう。でなきゃ、あんなに綺麗には泣けねぇよ。そこそこいい年の男のはずなのに――――つい見入っちまった」

それに対して若と呼ばれた男がどう答えたかなど、尚更聞こえるはずもない。

「だな」

「――――組長。若。準備ができました」

「おう。行くぞ、玄次《げんじ》」

「ん」

ただ、彼らを呼び、またそれに応えた男たちの会話だけは耳に届いたためか、上杉は若と呼ばれた男の名だけは、しっかりと聞き取った。

『ゲンジ？　また古風な名前だな…』

その名前があまりに今どきらしくない気がして、だが凛々《りり》しくも硬派な印象の彼には似合いな気もして、何より『やっぱりVシネマみたいだ』と思えて、珍しいことだが上杉の記憶に鮮明に残った。

すぐに忘れてしまうかもしれないが、少なくとも数日は覚えていそうだなと微笑んだ。

＊＊＊

上杉が、深夜の新宿《しんじゆく》を訪れたのは翌日のことだった。

「よお。久しぶりだな、薫。いつ帰ってきたんだよ」

「昨日」

別に暇をもてあましていたわけでもないが、今日は土曜日だった。月曜からは出勤となるため、遊んでいられるのも今のうちだ。ましてや適度に溜まった欲求の解消をするとしたら、今夜しかない。

だったら知り合いたちへの帰国報告も兼ねてと考え、以前から行きつけにしてきた店まで足を運んできたのだ。

「へー。で、今度はいつまでいるんだよ。少しは長居できるのか？」

早々に声をかけられ、気さくに答える。

「二年ぐらいはいると思うよ。念願だった医大に就職したから」

見た目の華やかさに反した気取りのなさが、ここでも上杉が好かれる要素だ。

「そりゃラッキー。本腰入れて口説けるってもんだな」

店は、二丁目の中でも客層に落ち着きがあると評判のいいショット・バーだった。

オールドファッションが似合いそうなその店にはカウンターに十五席、フロアに三十席が設けられていたが、店員も男性なら常連客もすべて男性というのが特徴だ。

そのため、ここに女の影は一切ない。それを求める男もいない。

だが、こんな環境が上杉にとってはひどく落ち着き、また安心できるところだった。

それに気づいたのは高校のときだったが、上杉はそんな自分を否定しなかった。

「よく言うよ。日替わり定食並みに相手がいるくせして」

「どんなに副食を変えても、そろそろ主食はこれってものに絞りたいんだよ。できることなら絶品のブランド米に」

もちろん、自分が男しか愛せないと気づいたときには、いっとき悩んだ。

が、どんなに悩んだところで、自分に嘘はつけなかった。

こればかりは、努力でどうにかなるものでもなかった。

だから自分の欲望に従ったときから、上杉はこの店の常連だ。

死んだ章徳ともこの店で知り合い、かけがえのない愛を育《はぐく》んでいた。五年前までは――――。

「俺は、こしひかりか？」

「魚沼産《うおぬまさん》、しかも無農薬特上の新米って感じ？」

「馬鹿言えよ」

「本気、本気。毎日食っても飽きない味だよ。薫はさ」

けれど、心から愛し合ったはずの恋人は、もういない。

そこまでわかっているから、上杉に気のある者は、こうして堂々と誘ってくる。

「それとも、まだ遊びじゃなきゃ駄目か？　本命一人に絞る気にはなれないか？」

今夜も一人の男が、上杉にグラスを差し出した。店内の間接照明を受けて上品に輝くバカラグラスの中身は、上杉が好んで口にする極上のスコッチ、それもロックのダブルだ。

『本命？』

上杉はグラスを前にして、それを手にするか否かを悩んだ。

相手は十年も前からの知り合いで、ここの常連だった。性格もルックスも悪くない。章徳亡き後、何度か肌を重ねたこともあるが、セックスの相性もそこそこいい。ただ、遊戯と割りきって抱き合うには申し分のない相手だが、本気で来られるなら話は別だ。墓前に誓ってはみたものの、まだまだ上杉には心構えができていない。本気で誰かに恋をするには、もう少し時間がかかる。

『そう言われても…な、ん!?』

と、上杉が返事を渋っていたときだった。

目の前に置かれたグラスが急に消えて、上杉は驚きから両目を見開いた。

「お前な、そういう台詞は半端に味見した奴らの処理をしっかりやってから吐いたらどうだ？」

まるで攫《さら》うように奪っていったのは、やけに見覚えのある男だった。

『あ、頬に傷…。昨日の…!?』

男は、上杉を口説いてきた知り合いにグラスの中身をぶちまけると、静かに、けれど威圧的な口調で問いかける。

「よりによって、うちの若いもんの身内に手ぇ出すとは、いい度胸だよな」

突然なんのことかと思えば、男の舎弟らしき青年が説明してくれた。

「テメェ!!　俺の大事な妹に手ぇ出しやがって」

「は、妹!?　弟じゃなくて、妹!?」

思わず発した上杉の声が、裏返りそうになる。

「あ…」

あからさまにやばいという顔をした男に、上杉の柳眉は見る間につり上がっていく。

「ふーん。実は、両方いけたのか」

美人は怒ると栄《は》えるらしいが、上杉のそれは、そんな生やさしい例えのものではない。

どんな世界にも掟《おきて》はあるものだが、これは掟破りだろうと怒り心頭だ。

「いや、だから、ごめん。薫…、別に騙《だま》してたわけじゃ」

「謝るなら俺にじゃなくて他の連中にしたら？　半端につまみ食いした副食の連中にさ」

必死に謝罪する知り合いに、上杉はプイと顔を背ける。

「薫っ!!」

「マスター。こいつもう出入り禁止ね」

カウンター越しに聞き耳を立てていたマスターに告げると、それで話を終わらせてしまう。

「了解」

「うわっ、だからちょっとした出来心だって」

「なんにしたって最低だよ、手を出した相手が。死なない程度にボコられろ」

上杉の言葉を合図に、何らかの関係があったらしい常連客たち数人が、ぐるりと彼を囲んだ。

「薫ーっ!!」

助けを求めたところで、もう遅い。彼はそのまま両腕を摑まれると、店の外に連行されていく。

「ちょっ、どこに連れていきやがったんだよ!!」

だが、それを黙って見ているわけにはいかない若い極道が、上杉の腕を摑んできた。

「悪いな。妹思いのお兄ちゃんには申し訳ないけど、そっちで制裁加える前に、こっちで加えないと店の秩序が保てないんだよ」

上杉は、その手を払うと不機嫌を丸出しにした。

「んなこと言って、逃がしたんじゃねぇだろうな」

「だったら裏に回って見てこいよ。お前が同情したくなるようなことになってると思うから」

「よし。それで逃がしてやがったら、代わりにテメェに責任取らせるからな」

「ああ、いいよ。代わりに責任取って妹を貰ってやるよ。俺でよければ」

「誰がやるかっっっ!!」

こうなると、やくざも何も関係ない。すっかり八つ当たりに走っている上杉に煽られ、妹を弄《もてあそ》ばれたらしい極道は怒鳴り散らしながら店の外へ出ていった。

「ふっ、溺愛だな。あれじゃあ、妹も大変だ。で、そっちは確かめに行かないのかよ」

しかし、完全に気分を害された上杉の怒りは、この程度では収まらない。その腹いせはなんと、付き添ってきただけだろう玄次にまで向けられた。

「二人で追いかけて、お前にまで逃げられたら、面子《メンツ》も何もねぇからな」

「なるほどね。別に、そんな心配しなくたって、逃げも隠れもしないのに」

昨日とは打って変わったキツイ視線が、言葉と共に投げつけられる。

「ずいぶん勇敢だな」

玄次は、怯《ひる》むことを知らない上杉に、まるで「極道相手に粋がるなよ」と言いたげだった。

「こんなところに一人で残るようなノンケ男に比べたら、全然普通だと思うけど」

「…?」

「ここにいる羊たちは、好みに合えば狼でも食うってことだよ」

「は?」

しかし、上杉のストレートな切り返しに怪訝《けげん》そうな顔をすると、玄次は改めて周囲を見渡した。

すると、店内の誰もが怯えた顔をしているのに決して玄次から視線を逸《そ》らさない、むしろ食いつくように見つめていることに嫌でも気がついた。

そう、よくよく意識してみれば、周りの男たちは玄次の隅々まで、じっくりと見つめていたのだ。

どんなに傷を負っていても、それさえ気にならない端正で男らしい顔、頑丈でしなやかな肢体、何より引き締まった腰のライン、見られすぎて穴があくかと思うほど、ひたすら観察しているのだ。

『――――う…っ』

もちろん、だからといって、これが殺意を含んだものなら、妙な悪寒に襲われることはない。

即座に戦闘態勢に入るだけだ。が、そうでないのがわかるから、玄次も思わず顔を引き攣《つ》らせた。

よもや自分が極道である以上に一人の男、一匹のオスとして同性から見られる日が来ようとは思わなくて――――そんな戸惑いが、上杉にも伝わってくるほどだ。

「そりゃ、想定外だったな。まさか羊どころかウサギまでいるとは思ってなかったからな、それもこんな毒深い腹黒ウサギが」

玄次は視線を上杉に戻すと、「だからって、そういう脅しはなしだろう」と、むくれてみせた。

「失礼な。お前のところは舎弟も失礼だが、上に立つ奴も失礼だな」

拗ねた顔に、男の青さを感じる。熟しきれていない、若さも感じる。

上杉は、年上の男として、鬼の首でも取ったような微笑を浮かべた。

「なら、詫びなきゃいけねぇな。マスター、メニュー」

と、意を決したのか、開き直ったのか、玄次は意外な行動に出てきた。

「昨日のことと合わせて、これで勘弁してくれ。いくらでも好きなものを頼んでいい。俺が持つ」

マスターからメニューを受けると、それを開いて上杉に差し出してきたのだ。

「冗談。いらないよ」

思いも寄らない切り返しに、上杉は小さく首を振った。

「遠慮するなって」

玄次に邪心がないのがわかるだけに、かえって戸惑う。

「そうじゃない。何もわかってない奴からの酌《しゃく》は受けないってことだよ」

「何もわかってない？」

「そう。この店じゃそういうのが、極上の誘い文句ってことになってるんだ。受けたらこっちが、OKしたってことになっちまう。そんなの冗談じゃないから」

今になって、こんなことを説明しなきゃならないなんて――。

上杉は、出されたメニューを取り上げると、それを閉じて恥ずかしそうにカウンターへ戻した。

「っ…!?」

意味を知って焦《あせ》ったのか、一瞬両目を見開いた玄次の素直さに、胸が高鳴る。何十人と厳つい舎弟たちを引き連れていた漢《おとこ》が見せたギャップだからこそ、その意外性に惹かれてしまいそうになる。

「迂闊《うかつ》だな。なんにしても勉強不足なんだよ」

上杉は、それがひどく照れくさくて、また何か不味《まず》い気がして、それらすべてをごまかすように顔を逸らした。そして冷たく「じゃ」と言い放って、その場からも離れた。

「……っ、おい」

引き留めようとした玄次を無視して、カウンターからフロアのテーブル席に移動する。

見知った顔と目が合うと、上杉はそこに足を運んで、腰を落ち着けた。

「薫さん！　大丈夫？」

「変な言いがかりとか、つけられませんでしたか？」

すると、待ってましたとばかりに、男たちが声をかけてきた。

「大丈夫。取って食いやしないよ。素人さんに馬鹿な真似するようなタイプじゃない」

「でも」

だが、手っ取り早く座ってしまったが、同席した男たちは、そのほとんどが大学生や二十代前半のグループだった。

「いいから、ジロジロ見るな。相手はやくざだっていう前に、ノンケだ。気にかけるだけ無駄だぞ。どうせ用がすんだら、帰るだろうし」

上杉はそれに気づくと、余計に疲れが増した気がした。

基本、付き合うなら同い年か年上と決めている上杉にとって、どんなに成人していても年下の男は子供に見える。それは極道であろうが、素人であろうが、関係ない。特に自分が三十を超えてからは、相手が二十代というだけでお断りしている。となると、遊びでも絡もうとは思えず、今夜はすっかり興ざめした。来て一時間も経っていないのに、もう帰ろうかという気分だ。

「薫さん、何飲みます？」

しかし、滅多に会えない上に、もともと高嶺《たかね》の花のような存在だった上杉が同席したことで、男たちはいつになく舞い上がっていた。

「いや、いいよ。ごめん、知り合いが来たから」

それにもかかわらず、上杉が他の男が店に入ってきたのを見つけると、謝りながら席を立ったものだから全員がショックを隠せない。

「え、そんな」

「薫さんっ」

年上の知人に声をかけに行く上杉を目で追い、未練たらたらだ。

「久しぶり」

「よう、薫。帰ってたのか？」

相手は上杉を見るなり、満面の笑みを浮かべている。

「ああ」

「ラッキー。俺、今フリーなんだよ、先週フラれたばっかりでさ」

上杉の肩に腕を回すと、何も知らないとはいえ、玄次が立ち尽くしたままのカウンターに誘導した。

「何がラッキーなんだよ。最悪じゃないか」

「だって、フリーじゃなければ誘えないじゃないか。薫、一杯奢《おご》らせろよ」

誰も彼もが同じ誘いをかけてくる。

「あ、ずりぃ。来ていきなりなんだよ」

「そうだそうだ」

その意味がわかるだけに、席に置き去りにされた男たちが数名、横やりを入れに来た。

『今夜は、なんなんだ？』

上杉は、左右と後方を囲まれ、思わずカウンターに突っ伏してしまう。

「あの、薫さん」

「何？」

「これ、あちらのお客様からですが」

その上前方からは、意表を突いたようにバーテンダーからグラスを出されてしまい、上杉はしばらく返答もできなかった。

「――――…」

あちらと言われて視線をやると、そこにいたのは玄次一人。

「マスターに、ちゃんと薫さんの好みを聞かれてから、オーダーしてましたけど…」

『マジかよ』

今夜も漆黒のスーツがよく似合う。目が合うと、玄次はニヤリと笑った。

見るからに年下でなければ笑って返すところだが、極道の若様という肩書以前に、年下というところで上杉には却下だ。たとえ遊び相手としてであっても、候補にもならない。

「わかった」

とはいえ、下手に無視して、店に迷惑がかかるようなことになっても、それはそれで困る。

少なくとも誰もが彼とは初見だろう中で、偶然とはいえ面識があるのは上杉だけだ。

こんなところで会ってしまったのも、こうなったら何かの縁だ。もしくは、嫌がらせだ。

「行ってくる」

上杉は置かれたロックグラスを手にすると、席を移動した。

「薫さん!?」

「薫?」

まさかと心配する知人を尻目に、グラスを玄次の前に戻した。

「これ、悪いけど返すよ。ノンケは相手にしない主義だから」

それでも一応、言葉は選んだ。

相手がどういうつもりなのかはわからないが、一番正当な理由を口にした。

「俺が怖いのか?」

「別に」

「なら、女に勝てる自信がないか?」

勉強不足だと言われてムキになっているのか、それとも単に好奇心に火を点けられただけなのかはわからない。が、玄次が本気で誘ってきたことだけは、上杉にもはっきりとわかった。

「お生憎《あいにく》様。そんな挑発に乗れるほど若くないんだ。それに、どこの馬の骨ともわからない女と比較されるのなんかまっぴらごめんだ」

「じゃあ、やっぱり俺が極道だからか」

上杉が了解さえすれば、玄次はこの場からすぐにでも上杉を攫うだろう。

「差別はしない主義だよ」

「でも区別はしてるんだろう？」

ホテルでも自宅でも連れ込んで、抱いたこともない男を抱くだろう。

「俺は丁重にお断りしてるだけだよ。興味本位やどうでもいいような意地に付き合うほど、酔狂じゃないんでね」

どうしてそんな気になっているのかは玄次のみぞ知るだが、少なくとも今の段階で上杉がイライラし始めたことだけは明確だった。

「どうしてそう思う？」

「他に理由がないだろう？　マナーもルールも知らない男にいきなり誘われたら、誰でもそう思う」

極力ことを荒立てないように言葉を選んでいたつもりが、どんどん選べなくなってくる。

「一目惚れしたから。とは、考えないのか？」

「どんな自信過剰だよ。そんな夢見がちなことを考えるような年じゃないって」

しかも、からかわれているとしか取れないことを言われて、とうとう我慢が利かなくなった。

「これだから、ガキは困るんだよ」

これだけは口にしないつもりだったことを、結局は口にした。

「残念だな。でも俺はあんたと違って、まだ若いんだ。ガキなんじゃなくて、ただ単に、エネルギッシュで血気盛んなんだよ」

だが、玄次はそれを笑って受け流した。

自分も我慢の限界だと言わんばかりに両腕を伸ばして、上杉の身体を抱き締めてくる。

「っ!?」

「一目だろうがなんだろうが、いいなと思えば欲しくなる。やってみたいと思えば果敢に挑む。ついでに言うなら、簡単じゃゃないほど燃える。これが若さってやつだよ」

「いかにも盛りの雄らしいだろう」

こともあろうに股間に股間を押しつけてきて、こんな場で飛んでもないアプローチをしてきた。

「馬鹿っ…、放せ!!」

さすがの上杉も、これには本気で激怒した。

「やだね」

腹立たしいやら、恥ずかしいやらで、全身がカッカとしてくる。

「いい加減にしろって」

声は自然と高くなり、抵抗する身振りもどんどん大きくなっていく。

「とか言って。今夜は目じゃなくて、顔が赤い。少しは意識してきたか？　俺のこと」

それなのに、玄次は変わらず余裕の笑みさえ浮かべていた。

「素直に〝はい〟って言えば、一晩中でも眺めてていいぜ。あんた好きだろう？　俺のこと」

一際強く抱き締めてくると、昨日のことを蒸し返し、更に上杉をからかってきた。

「いや、入り口的には俺のルックスか。この顔や身体が」

「――――っ、この!!」

好きとか嫌いの問題ではなく、無意識のうちに見入っていた。視線を奪われ、逸らせなかった。それは事実だ。が、事実だけにこんな場所で言われたくないことで、上杉は悔しくて恥ずかしくて、渾《こん》身《しん》の力を振り絞った。玄次の身体を突き飛ばすと、その勢いのまま平手を玄次の頬に叩きつけた。

「自信過剰も大概にしろ」

「っ!!」

バチンと、店内に気持ちいいほどの音が響く。

「あっ、若!! テメェ、うちの若に何しやがる」

たまたま店内に戻ってきた舎弟がそれを目にして、上杉に向かって飛びかかる。

「すっこんでろ、根本《ねもと》!! このシスコンが」

しかし、根本と呼ばれた舎弟は、指一本上杉には触れられないまま玄次に襟を摑まれた。

「うわっ!?」

そのままいとも簡単に脇へと放られ、無残なまでに転がされた。

「若…」

驚きを隠せない根本をよそに、叩かれた玄次の頬は見る間に赤くなっていった。

そのためか、古傷が浮き上がって見える。

「やべえ…、今の一発、マジで効いた。全身にグッときやがった」

それでも揺るぎない自信を見せつける不敵な笑みは、その場にいた男たちの目を惹いた。

「こうなったら、お持ち帰り決定だな」

上杉を唖然とさせつつも、やはり魅了した。

「なっ!?」

気づいたときには再び抱き締められて、男の肩に担《かつ》がれた。

「何すんだよ」

叫ぼうが、背中を叩こうが、しっかりと両脚を抱かれて、下りることが叶わない。

「薫さん!!」

「薫っ」

絶体絶命の危機感を覚えてか、マスターがズボンのポケットから携帯電話を取り出した。

「あ、マスター。警察呼ぶ前に、俺の身元はそいつから聞いてくれ。ってか、それ人質に置いてくから、代わりに今晩こいつを貸してくれ。誠心誠意口説いて落とすから」

それを目ざとく見ていたのか、玄次がサラリと口にする。

「え…!?」

「心配しなくていい。俺も漢だ。惚れた腫れたに拳なんか使わねぇよ。まあ、股間にモノは言わせちまうかもしれねぇけどさ」

このとき玄次がどんな表情で、マスターを説得したのか上杉にはわからない。

「なっ、馬鹿放せ!! 何勝手なこと言ってんだよ」

どうして店には何十人も男がいるのに、誰一人として助けてくれなかったのか。上杉には、どこまでも〝こいつが極道だから逆らえなかったんだ〟〝みんな怯えたんだ〟という理由しか思い浮かばない。

「放せっ」

「暴れるなって。だいたい中を見渡したって、俺以上の男なんかいねぇんだから、今夜は俺でいいじゃねぇかよ。どうせ誰かと一発やるつもりで、あそこにいたんだろう？」

玄次は上杉を担いだまま店の外へ出ると、人気《ひとけ》のない路地裏を選んで入り込んだ。

「そういう問題じゃない」

ようやく肩から下ろされるも、上杉は狭い路地で玄次の腕の中に置かれて、逃れようがない。

「じゃあ、どういう問題なのかは、これからゆっくり聞かせてもらうってことで」

「なっ!!　放せ、放せってば――――んっ!!」

まともに抵抗もできないまま、強引に唇を塞がれた。

「んんっ、放せ。ふざけてんじゃないっ」

「本気、本気。冗談で男の尻なんか舐める覚悟しねえって」

「んんっ!!」

力の限り抵抗し、唇を放しても、すぐにまた熱っぽいそれに塞がれる。

「そっ、それのどこが本気だって言うんだよ」

「あ？　なら、何？　あんた冗談で男の尻舐めるの？　チンポしゃぶるのかよ!?」

「あのなっ――――んんっ!!」

こんなやりとり、初めての恋でもしたことがない。

「もう、黙れって」

「んんっ…っん!!」

これまで誰を相手にしても、経験したことがない。

「ゃっ」

「すぐに本気だってこと、わからせてやるから」

恋をするなら同い年か、それ以上——遊びで肌を合わせるにしても、それは同じ。

そんな一定の線引きをした上での恋しかしたことがなく、スマートな相手としか付き合ったことがない上杉にとって、玄次は極道だという以前に未知なる男だった。

「はぁっ、はぁっ、はぁっ…」

「な、相当マジだろ」

強引で傲慢《ごうまん》で甘ったれな、ただやっかいな年下の男だった。

「このっ…」

見ているだけでも熱くなるのに、抱き締められたらたまらない。

その上、口付けられたら、思考回路がおかしくなる。

「エロガキが!!」

上杉は、突然我に降りかかってきた人災から逃れたい一心で、再び利き手を振り上げた。

力いっぱい振り下ろし、男の頬を打ち据える。が、その手は二度と通じなかった。

「っく!!」

「二度は殴られないって。キスなら何度でも受けるけど」

上杉は振り下ろした腕の手首を摑まれ、そのまま抱き寄せられると、尚強く口付けられた。

『なんなんだよ』

貪《むさぼ》るような口付けに、抵抗力が奪われる。

どんなに心で逃れようとしても、力強い抱擁が否応のない服従を予感させる。

『なんなんだよ』

そうでなくとも、息が止まるような口付けをされたのは、何年ぶりのことだった。

しかも、こんなにも容赦なく、激しく求められたのは、初めてかもしれない。

『こいつはいったい、何者なんだよ』

玄次は上杉に向かって、自分の見た目が好きだろうと言った。

顔も身体も好みだろうと、自信満々に言ってのけた。

上杉は、それを否定できなかったところで、逃れる術《すべ》を失っていた。そもそも昨日、あんな場所だというのに、視線を奪われたことが過《あやま》ちだったとも、諦めが過《よ》ぎっていた。

『もう、勝手にしろ!!』

腕力、魅力、包容力。圧倒的なまでの〝さまざまな力〟に負けて、上杉は逆らうのをやめた。

『どうせこいつの言うとおり、今夜は誰かとやるつもりだった。それが目当てで、店に行った』

だからといって同意はできない、自分から欲することもできなかったが、少なくとも拒絶するのは無駄な抵抗だと諦めた。

『別に、それが誰になっても、同じことだ。こいつになっても、大差ない』

すると、玄次は全身でそのことを悟ったのか、力で攻めるのをやめた。代わりに技で攻めてきた。

「セックスだけなら数えきれねぇほどしたが、男に関してはまったくの素人だからな。あんたがその気になれたらＯＫってことで、ちょっと試させてくれよ」

今まで上杉を押さえることに徹していた利き手を滑らせ、脇腹から腰の辺りを撫でつけてきた。

ゆるゆるとした快感が股間に伝わり、上杉は自然と身を捩る。

「なっ――っ。こんなところで、何…っ!!」

と、玄次の手が突然上杉の弱味をギュッと握った。

「俺に興味が湧くかどうか、まずは頭じゃなくて身体で決めてくれ。いきなり心で検討してくれって言っても、無茶な話だろう」

衣類の上からだというのに、巧みな愛撫は上杉自身をすぐさまその気にさせた。

頬にも唇にもキスをされて、その上一番弱いところを攻められて、次第に身体が崩れてくる。

「んっ…っぁ、だからって――こんなっ、んっ」

上杉の欲望はいきり立っているのに、肝心な肉体がその場で崩れていく。

「勃《た》ってるぜ、しっかりと」

耳元で囁かれると、完全に両脚から力が抜けた。

外耳から鼓膜まで届く声色が、生々しくて、甘美で、どうにもならない。

「言うなっ…、っっっ」

上杉は、逞《たくま》しい片腕一本に支えられた姿のままで、陰嚢からペニスを一気に扱《しご》かれて全身が震えた。

新宿の空に流れ星など見えるはずもないのに、いくつものそれが通り過ぎて見えた。

「イッたみたいだけど」

自分がこんなふうに堕とされるなど、考えたこともなかった。

「————っ、はぁっ…っ、この極道…んっ!!」

それも極道に、見てわかるほど年下の男に、何より出会って数時間と経っていないであろう相手になど想像さえしたことがない。

「んんっ」

だが、野良犬か猫しか通らない、月しかのぞかないような路地裏で、繰り返される激しいキスのために息も絶え絶えになっているのは、紛れもなく上杉だった。

「さ、身体は納得したんだ。今夜は俺と朝まで————」

ここでうなずいたらおしまいだ。そう思うのに、言われるままにしたら楽だろうか、どれほどの快感が得られるのだろうかと思ってしまうのも、間違いなく上杉本人だった。

「なあ、薫さん」

「っ…」

上杉は、わざとらしく〝さん〟付けで呼ばれると、濡れた唇を噛み締めながらもコクリとうなずきそうになった。完全な同意を見せたら、どんなことになるかわからない。どんなセックスをしいられるかわからないというのに、それさえ恐れずに期待さえ抱いて、優しく髪を撫でつける男の誘導に負けそうになった。うっすらと紅色に染めた美貌が、上下に振られかける。

「鬼栄会《きえい》だ、鬼栄会の連中が、また素人相手に暴れてるぞ!!」

「!?」

しかし、今にも上杉がうなずこうとした瞬間、その悲痛な叫び声は表通りから聞こえてきた。

「ちっ。こりねぇ連中だな」

玄次は舌打ちをすると同時に上杉を放し、幾分乱れた前髪をかき上げながら、声のするほうに走り出していく。

「…っ…っ、おい!!」

玄次は捕らえるのも突然なら、放置するのも突然な男だった。

上杉は、熱く火照《ほて》った身体を放り出された腹立ちから、衝動のまま後を追った。

「やめろ、テメェら!!」

すると、玄次は罵声と共に五人は屯《たむろ》していただろうやくざの中に、我が身一つで割り込んでいった。

「なんだ、貴様は」

相手は新宿界隈でも悪評高い、暴力団組員たち。

「素人相手に、恥ずかしい真似してんじゃねぇよ」

男たちに絡まれ、痛めつけられていたのは、会社帰りのサラリーマンのようだが、すっかり怯えて失禁している。

「何を!!　カッコつけてんじゃねぇよ、この豚野郎」

「少しばっか見れる面《ツラ》してると思って、粋がってんじゃねぇよ」

柄の悪い罵声が次々と上がる。

「っ、待て。こいつ…この頬の傷、武田《たけだ》組の若頭だ」

「武田？　ああ、四神《ししん》会の武田か。なら、玄人相手だ。遠慮はいらねぇ。やっちまえ」

上杉にはわからないが、相手には玄次がどこの組の誰なのかがすぐにわかったようだ。

「ぶっ殺しちまえ!!」

玄次が同じやくざだとわかると、それぞれがいっせいに武器を探して手に持った。

『無茶だ。いくらなんでも、多勢に無勢だろうが』

近くに転がり落ちていたビール瓶。古くなったテーブルの廃材。

どんなものでも手にした者の使い方によっては、人を殺《あや》める凶器になる。

あまりの状況の悪さに、上杉は携帯電話を取り出した。

『先に警察を――――!!』

「何してんだよ、兄さん」

が、それは相手の一人に見つかり、あっという間に奪われる。

「テメェも、武田のもんか？　奴の仲間か」

目をつけられたが最後、上杉は玄次の仲間だと思われたのか、ジャケットの胸元を鷲摑みにされた。

力尽くで地面に倒され、頭部にめがけてビール瓶が振り上げられる。

「っ!!」

打たれると感じた瞬間、上杉は全身が硬直し両目を閉じた。

「やめろ、テメェ!!」

しかし、頭上で瓶が砕けた音はしたが、上杉自身にはなんの痛みも走らない。

「ッ…っ。素人相手に…、粋がるなって言ってんだろう!!」

自分を庇《かば》った男の罵声に、上杉は背筋が震えた。

『玄次!!』

捨て身で上杉を庇った玄次の身体が燃えるように熱い。

完全に闘争心に火が点いているのだろう雄の熱さは、欲情から上がるそれとはまったく違う。

玄次のそれは、上杉にとって感じたことのない種類の熱さだ。

「るせぇよ!! 他人の心配してねぇで、テメェの身の振り方考えろ」

と、起き上がり途中で体勢が整わない玄次めがけて、一人が刃物を振り翳《かざ》した。

「やめろ!!」

「────っ」

上杉が悲鳴を上げた瞬間、玄次は襲い来る刃物を避けきれずに、左の太腿を刺された。

「とどめだ、おらっ!!」

身動きが取れなくなったところを、更に数人の男たちがいっせいに暴行に及ぶ。

「ざけんな、コラッ!!」

それでも必死に応戦していた玄次を庇い、今度は上杉が男たちに向かっていく。

「やめろっ、卑怯だぞお前ら」

心底から込み上げた怒りから、上杉は無我夢中で叫んだ。

「警察だ!! 警察が来たぞ」

周りで見ていることしかできなかった人間の中から、声が上がった。

「逃げろ」

騒ぎを聞きつけたのか、逃げ去った男たちと入れ違いに、根本が駆けつける。

「若っ!!」

玄次は刺された足を押さえて、その場にぐったりと倒れ込んだ。

「若っ、若っ」

根本が気も狂わんばかりの勢いで、玄次の身体に両腕を伸ばす。が、そのときだった。

「触るな!! 勝手に起こすな、手を出すな!!」

上杉は緊迫した声を発して、根本を押しのけた。

自分が着ていたジャケットを脱いで、刺された大腿部の応急処置に当たった。

「っ――――っ」

見る間に赤く染まっていくそれに、上杉は奥歯をグッと噛む。

『出血がひどい。動脈までいったか』

どんなに大腿部を締め上げても、玄次はぐったりとしたままだ。

「救急車!!　誰か救急車を呼べ」

「救急車だ」

周りが口々に叫ぶ中で、上杉は傍にいる根本を見上げた。

「で、こいつの血液型は!?」

「え!?」

「こいつの血液型は!?」

「え!?　え…!?」

咄嗟のことでわからないのか、困惑している根本に本気で切れる。

「役立たず!!　当たり前の顔して喧嘩すんなら、必要最低限のプロフィールを書き込んだ証明書ぐらい持ち歩いとけ」

叫んだ上杉の顔は、倒れ込んだ玄次と同じぐらい青ざめている。

「パトカーだ!!　救急車も来たぞ!!」

聞き慣れた救急車のサイレンを耳にしても、全然ホッとできない。

「わっ、わっ、若!!」

「動揺してる暇があったら、とっとと身内に連絡入れろ!!　最悪、死に水取る人間ぐらいはいるんだろう」

「はいっ」

根本は上杉が発した指示に、危機感を覚えて声を震わせる。

「怪我人はどこですか？」

そうこうするうちに、救急隊員が担架を持って駆けつけた。

「ここから一番近い搬送先は？」

担架に載せられた玄次を診ながら、上杉は単刀直入に切り込んだ。

「それが、つい先ほど首都高で大型トラック横転による玉突き事故が起こったばかりで、どこもいっぱいなんです」

「なら、ちょっと距離があるが、広尾《ひろお》の東都医大まで行ってくれ」

反射的に応えた救急隊員の返事に、間髪いれずに切り返す。

「それは無理です。事故の負傷者が多くて、東都にも搬送されています。それに、今夜は当直者が不足しているとのことで…」

しかし、こんなときに限って、不要な偶然は重なるもので――――。

上杉は、これだからと言いたげな顔をしながら、救急隊員に言い張った。

「大丈夫だ。場所さえあれば俺が診る。早く連絡を入れろ」

「しかし」

「いいから、早く!!　東都に勤める俺が言うんだから、早くしろ」

動揺する暇があったら、すぐに向かえと言い捨てた。

「え!?　はい」

そうして車が走り始めると、上杉はフッと笑みを零して、救急隊員に言った。

「とは言っても、週明けからだけどな」

その笑みは玄次が浮かべたものより数段魅惑的で、比べものにならないほど冷ややかなものだった。

3

虫の音が響く秋の夜のことだった。本来なら静寂を味わうに相応《ふさわ》しい月夜。だが、今夜はいつにも増して慌ただしいものになっていた。

「やめてください、黒河先生。まだ抜糸もすんでないんですよ」

「お願いですから病室に戻ってください」

「こんなときに言ってられるか。どけ」

「黒河先生!!」

立て続くサイレンの音にたまりかねて、黒河は身体を引きずりながら救急救命室のある救急病棟に向かっていた。首都高速道路で起こった玉突き事故が、現場の渋谷《しぶや》周辺の病院のみならず、近隣区の救急指定病院をもいっせいに騒然とさせるほどの規模だったために、ここ、港区《みなとく》広尾にある東都大学医学部付属病院にも、その波は押し寄せていたのだ。

とはいえ、彼を追いかけたナースたちが口にしたように、現在黒河は外科病棟に入院中の身だった。つい数日前、いきかがりで製薬会社の汚職事件に巻き込まれて、腹部を刺されるという大怪我を負っていたからだ。

「俺を心配する暇があるなら、お前らがもっと育て!! 病人、怪我人は待ってくれないぞ」

「でも、今そんなに動かれたら、先生が!!」

しかし、術後の経過が良好であれば、翌日からでも身体を動かし、リハビリをするというのが、医師・黒河のやり方だ。自分が多少なりとも動ける状態にあるのに、ここまで救急車のサイレンを聞かされたら、ジッとしてはいられない。外科部と救急救命部のシフトなら概《おおむね》頭に入っているだけに、どう考えても人が足りていないだろうという判断もできる。そうなったら黒河の性格上、数分ごとにサイレンを聞きながら病室で寝ていろというほうが無理というものだ。

それを見越してか、救急救命室の入り口でも白衣を纏《まと》った若い医師が待機している。

「黒河先生、手術室の準備が整いました。これから到着予定の患者さんをお願いできますか」

「おう」

だが、彼は黒河を病室に戻すためにいたのではなく、純粋に待っていた。

しょうがないな、やっぱりこうなった。そんな口調ではあったが、準備万端で黒河を迎えた若い医師・清水谷幸裕《しみずたにゆきひろ》に、黒河はそうとうご満悦だ。

「清水谷先生。どういうことですか？　どうして止めてくれないんですか⁉」

「黒河先生は、一昨日手術したばかりなんですよ」

当然、入院病棟で黒河の担当をしているナースたちは激怒した。

清水谷は普段から好意を持って接している相手だが、ことがことだけに本気で声を荒らげた。

「今から来る患者は俺が診ますから。手術になっても執刀は俺がやり、黒河先生には第一助手を務めてもらいます。あと二十分もあれば、担当の先生が今やっている手術を終えられる。それでどうにか繋いでいきますから、大丈夫です」

しかし、清水谷はまったく動じずにここから先について説明した。

「なんですって!?」

「俺でも最善の準備を整えて、待つぐらいのことはできます。最悪担当の先生が間に合わなくてスタートしても、俺にできないところを黒河先生にやってもらう分には、先生の負担も最低限ですみますし。それでも駄目なら、黒河先生には申し訳ないけど、退院を先に延ばしてもらうだけですから」

「そんな…清水谷先生!!」

清水谷は、繊細さとたおやかさばかりが目につく、院内でも有名な美青年外科医だった。

誰を相手にしても穏やかで控えめで、普段なら決してこんな強気な言動はしない。ただ、研修医として当院に来たときから黒河を指導医に学び、そしてその下で第一助手を務めるまでに育った若手外科医の筆頭でもあるため、芯は驚くほど強かった。誰よりも過酷なシフトをこなす黒河が、現場で手塩にかけて育てた医師だけに、職務意識も気丈さも黒河並みというのが、この清水谷だったのだ。

「それでも黒河先生にしてみれば、今ここでベッドに縛られるよりは苦痛じゃないはずです。これから運ばれてくるのは臨月の妊婦さんです。二つの命がかかってます。だからこそ救急も受け入れを許可したんでしょうし、こうなることは救急救命部も想定ずみですよ。ね、黒河先生」

「だろうな、そうでなくても人使いが荒い連中だし。普段から俺がお節介なのも、十分わかってる奴らばっかりだからな」

「黒河先生…」

これには看護師たちもお手上げだった。

「お前らの気持ちはありがたいが、優先順位を間違えるな。それに、俺の腹はこれしきのことじゃ音《ね》は上げない。わかったら、待機しておけ。いつ応援の呼び出しがいくか、わからないからな」

「はい」

「わかりました」

納得するしかなくて、ここは一歩引いた。

と、そんなところに一人の看護師が、足早に近づいてきた。

「先生!! 今、ホットラインが入りました。急患が増えるそうです。新宿でやくざ同士の喧嘩があって、そこから重傷者一人が、こちらに送られてきます」

「は、新宿から重傷者!? 何を考えてんだよ!!」

さすがに黒河も、どうなっているんだと、眉をつり上げた。

今夜はどこも大変なんだろうが、ここだって大変だ。

一刻を争う患者ばかりが重なっても、診る医師がいないのではどうにもならない。

部屋やベッドだけの話ならいっとき凌《しの》げても、診る医師のレベルと患者の状況に差が生じれば、大事に繋がることだって考えられる。たとえ清水谷と黒河が二手に分かれたとしても、まだまだ経験の浅い清水谷では対応ができないほどの重傷者だった場合はどうするんだと、珍しく気が高ぶった。

「いったい誰が受け入れたんだ? 重傷者相手じゃ、これから別の病院になんて、もう言えないぞ。そうでなくても、すでに他からこっちに回されてきたってことだろう?」

聞いたところで、どうにもならないのはわかっているが、誰がどんな策を講じてこの受け入れを承諾したのかが知りたくて、黒河は看護師を問いただした。

「ですが、これに関しては救急救命部がＯＫを出しました。なんでもその救急車には、当院の外科医が同行しているんだそうで、場所と必要な道具さえあればどうにかできると言ったらしくて」

言《こと》づかったままを口にする看護師も、半信半疑という顔つきだった。

「場所と道具さえあれば？　でも、手術室はすでに満杯ですよ。救急の受け付けは、それをわかってるんですか？　室長が納得しないでしょう？」

それに対し、清水谷が眉を顰めた。つい数分前に、手術室の進行と管理を務める室長から現状を聞いたばかりだったこともあり、何もかもが理解できないといったふうだ。

「それで、同行してくるのは誰なんだ？　今夜はほとんど出払ってるんじゃねぇのかよ!?」

「そのはずなんですが…」

「と、来たか」

困惑の中でもときは刻一刻と過ぎていき、黒河と看護師がやりとりをしているうちに、救急用の搬送口付近からは、けたたましいサイレンの音が響いてきた。

「二台ほぼ同時だなんて」

移動しながら、清水谷が戸惑いを漏らした。

「一台は妊婦、一台はやくざか」

「命は命だ。それを忘れるな」

「はい。すみません」

看護師は、不意に出てしまった言葉を黒河にただされ、ますます萎縮してしまう。

しかし、そうした中で黒河たちが救急搬送口まで駆けつけると、先に到着した救急車からは、担架と共に付き添ってきた医師、上杉が出てきた。

「車内からも連絡がいったとは思いますが、左大腿部を深く刺されて出血多量、まずは輸血の準備をお願いします。あとは頭部、脇腹、背中を木片、ビール瓶等で強打されているので精密検査の手配を。あ、少なくとも肋骨の骨折のために、肺を損傷している可能性がありますので、そこも考慮して」

上杉は、入り口で対応に出た看護師に向かって、テキパキと指示を出す。

それを耳にした清水谷は、激昂した。

「なっ…、場所と道具さえあればどうにかなるって状態じゃないだろうに、どうするんだ。手術室が空くまで待機させるのか!?」

「それに、あれはいったい誰なんです？　うちの外科部では、見たことがない人ですよ。まさか、適当なこと言って運び込んだんじゃ」

同行していた看護師も、上杉という医師にまったく覚えがなかったことから、疑惑の眼差しを向けていた。が、上杉の姿を見たと同時に、黒河だけがフッと笑った。

「まあ、待て。確かに、雨風凌げる場所と最低の道具がありゃどうにかなる。あいつなら待合室の長椅子でもどうにかするわ」

「黒河先生？」

「知ってるんですか、あの男性を」

「ああ。あれは上杉薫っていう奴だ。週明けからトリアージ訓練のチームリーダー兼、講師オフィサ

ーとしてここに来る外科医がいるって話があっただろう？　あれがそうだ」

清水谷や看護師を相手に、上杉という医師がどういう人物なのかを説明して聞かせる。

「あの方が、トリアージの講師？」

「そう。副院長が直々にスカウトしてきた、そうとう骨のある奴だ。なんせここ数年は国境なき医師団に参加して、紛争が絶えない中東の最前線を回っていたって話だからな」

「中東…っ!!」

「紛争の最前線!?」

清水谷と看護師は、上杉の今後の立場や経歴を聞いて、理屈抜きにどうして黒河が笑ったのかを察した。彼が黒河にとっても心強い存在なのだと理解したことで、この騒然とした夜に勝算を感じたのだ。

「————ってことだ。清水谷、執刀中の富田《とみた》部長からキヨトを借りてこい。確か今夜は奴も駆り出されてるはずだ」

黒河は、現状に合わせて最良と思われる人材をもう一人求めた。

名指しにしたのは内科医を務めるキヨトこと和泉聖人《まさと》だった。彼は院長の息子にして、副院長の弟。

「和泉《いずみ》先生をですか？」

もともとは米国の医大で胸部専門の外科医だったが、不慮の事故から利き手に負傷し、執刀が叶わなくなったことから帰国して、当院で内科医に転向した男だった。だが、たとえメスを持てずとも、最先端医療の現場で黒河以上に術数をこなしていた経験と知識のある彼のサポート力は大きく、執刀医たちにとっては心強い味方だった。それゆえに、今夜のような日には応援で手術室を転々としてしまうことにもなるが、聖人自身がそれを歓迎してくれるので、救急救命部も大いに助けられている。

「ああ。そしたら妊婦と極道、より緊急なほうをあいつに任せる。お前はあいつをサポートしてやってくれ。おそらく今のあいつは俺並みに人使いが荒いはずだ。ここじゃ長年俺についてきたメンバーの誰かでなければ、ついていけないだろう。俺のほうはキヨトがいれば乗りきれるから」

ただ、普段はこんな指名も選択もしない黒河が、あえて聖人を名指しにしたのには理由があった。

それは清水谷を助手として上杉に回すため、しいては彼の仕事を最善のものにすることで、危うい命のすべてを救おうという思惑のためだ。

「はい!!　わかりました。では、急いで呼んできます」

清水谷は、こんな状況下にもかかわらず、黒河から寄せられた信頼をビリビリと感じて、力強くうなずいた。すぐさま行動に移ると使用中の手術室に連絡を入れ、また無数の手術室を管理する室長にも再度部屋の調整ができるか否かの確認に走った。

「それにしてもあの極道、どうやら今夜で運を使い果たしたな」

その場に残った黒河は、追って到着した救急車に対応するべく、身支度を始める。

「黒河先生?」

「あの怪我に出血量。出くわしたのが上杉じゃなければ、ここまで持たない。命拾いしたな」

その後は、ほぼ同時に運び込まれた急患を診比べてその場で判断。その結果、妊婦を自分が、そして玄次を上杉に任せることを決定し、まだまだ痛む腹部をときおり押さえながら手術室に向かった。

『あれから五年か…。どう育ったのか楽しみだ。な、上杉先生』

思いがけず巡ってきた上杉との再会に、一人ほくそ笑みながら――。

＊＊＊

慌ただしい一夜が過ぎた翌朝、救急救命部に応援に出ていた清水谷を始めとする外科部の医師たちは、ようやくその激務から解放された。

「あー、終わった終わった。やっと一区切りついたな」

「ですね…」

すぐに次の行動に移るのも億劫《おっくう》だったのか、医師たちは自然と休憩室に集《つど》い、個々に好きなものを自動販売機で購入してから腰を落ち着けた。

「それにしても、また、すごいのを呼び寄せたな、副院長は。いくら、あとは縫合だけだったとはいえ、別の急患が入り口まで運ばれてきたときには、何事かと思ったぞ。しかも、こっちが終わると同時に入れ替われるようにセット、即手術開始。それを全部つつがなく手配させて、あの浅香《あさか》が、あもうも言えずに使われてるのを見たときには、天変地異が起こるんじゃないかと思った。あいつが手術室で言いなりになるのは、黒河だけじゃなかったのか？　それとも単に俺や他の連中が舐められてたのか？」

上杉の話題を出したのは、黒河と同期の男性医師・池田《いけだ》だった。彼が名前を挙げた浅香というのは、救急救命部に配属されている研修医だが、同席していた清水谷とは同期に当たる青年だ。

「いえ、そういうことじゃないと思います。ただ気迫に押されていたんだと思います。浅香も」

だからと言うわけではないが、清水谷はすかさずフォローに回った。

「気迫？」

気持ちを落ち着けるように、温かな珈琲《コーヒー》が入った紙コップを両手で握り締めた。

「はい。上杉先生って、とにかく何をするにも手際がよくて、指示も的確で迅速なんです。実は俺も、昨夜は何度か黒河先生についてるのかと、錯覚したぐらいでした。なので、もともと黒河先生専属のオペ看だった浅香が、反射的に動かされたっていうのは、理屈抜きにわかります。なんていうか、タイプが黒河先生とはまったく違うと思うんですけど、仕事をするときのリズムみたいなものが似ていて、こっちが何かを考える余地がないんです。指示が出たら〝はい〟としか答えられない感じで。でも、それが全然嫌じゃなくて、かえって安心なんです。どんな患者が来ても、これなら助かる。大丈夫だなって、自然と思わせるオーラみたいなものがあるんですよ、上杉先生って」

思い出しても武者震いがする。そう言わんばかりに、清水谷の声もいつになく興奮気味だ。

「ほー。清水谷がそこまで言うなら、本物だな。しかし、リズムね〜。考えたこともなかったが、それって俺たちが四拍子なら、黒河が八拍子ぐらいの差があるってことか？　奴の仕事は倍速か？　でもって、上杉もその域にいるってことか？」

池田は受け入れがたい現実でも突きつけられたように、大きな溜息をついた。

と、後から上がってきた一人の女性医師が、紅茶の入った紙コップを手に同席してきた。

「――ようは長い間、間髪いれずに、しかも一度に大量に運び込まれてくる負傷者に対応するうちに自然と身についたリズム、迅速さってことでしょう」

なんの違和感もなく会話に溶け込んできた女性の名は渡紋子《わたりあやこ》。去年までメキシコの医大に勤めていた彼女は、ここでもその腕を遺憾なく発揮している胸部のスペシャリスト。ハリウッド女優も顔負けのボディラインと美貌を兼ね備えた、まさに白衣の天使ならぬ女王様といった存在だ。

「私たちみたいに恵まれた環境で仕事をしていたら、一生わからないことよ。忙しい忙しいって言っても、自分の命まで危ういなんてことはないし、結局は戦争を知らない子供たちの世代だからね。どんなに頑張っても、必死さの意味も違うと思うわよ。彼らと私たちとじゃ」

「そう言われると、そうだなとしか言いようがないな。これぱっかりは、比べようもない域だって」

「でしょう」

「ああ」

清水谷の感想に対して、おそらくは同じことを思ったはずの紋子に痛いところを突かれ、池田も渋々と納得した。確かにこればかりは仕方がないことなのだ。映像や紙の上で学んだところで、実体験がなければ、その過酷さはわからない。想像したところで、想像の範囲で終わってしまう。だからこそ、歴の長い医師であっても、災害に直面したときには思ったとおりのことが１００％こなせない。突発的な大災害となったら、もっと自分の未熟さが晒け出されるかもしれない。

『長い間、間髪いれずにか――戦場は、毎日が大災害だからな。それも人災の』

池田は手にした紙コップに口をつけると、ブラック珈琲を飲み込んだ。

いつにも増して苦さを感じるのは、無性に込み上げてくる敗北感からかもしれない。どんなに努力を重ねても、追いつくことが叶わない。外科医としての知識だけなら負けないが、技術を見たときに一歩も二歩も追いつけないと感じさせる黒河の才能が愛おしいのと同じぐらいに妬《ねた》ましくて仕方がない。

だが、たとえ同じほどの技術があっても、自分にはそれを維持し、駆使し続けるだけの精神力があるかと問われれば、自信を持って「ある」とも答えられない。それがわかるだけに、池田はときおりこうしたジレンマに陥《おちい》る。誰より同業者として敬愛している黒河療治という医師に対して、同期であり、友であるからこそそのやるせなさを覚える。

「それにしても、中東の野戦病院からの引き抜きなんて…。まったく、どこからそんな人材の情報を得てくるのか…。副院長のアンテナは人工衛星並みだな」

それでも池田は、コップの中身を飲み干してしまうと、気持ちと共に話題を替えた。

「ですね…。でも、上杉先生は、もともとうちと行き来のある聖南医大の出で、それも院長の外孫さんらしいですから、前々から副院長とは面識はあったのかもしれませんよ。黒河先生も知ってたみたいだし、情報源だけはあったってことじゃないですかね」

清水谷も池田の思いを察してか、つい先ほど得たばかりの情報を笑顔で話した。

「まあ、外孫とはいえ、あそこの院長の身内だったの？　上杉って、聖人並みのサラブレッドね。しかもあのルックス――ナースたちがまた大騒ぎね」

紋子も空気を察して、一役買う。

「ナースだけじゃなく、野郎どもが大騒ぎなんじゃねぇ？　マドンナだかアイドルだか知らねぇけど、人気者の清水谷と浅香が彼氏作っちまって、ここには夢も希望もなくした男子校上がりの野郎が山ほどいるからな」

池田は二人の気遣いに感謝しつつ、かなり話を脱線させた。以前、清水谷に思いを寄せていながらも、黙って彼の幸せを見守った恋の痛手は、そろそろいい思い出に変わっているようだ。

「その前に、嫁入り前の娘が山ほどいることを忘れないでちょうだい。冗談じゃないわよ、これ以上見目のいい男を男に持っていかれるなんて、女としては屈辱よ。そりゃあ、恋は他人のを見てるだけで楽しいけど、いい加減に渦中《かちゅう》の人になりたいしね」

「へー。お前でもそんなこと考えるんだ」

「世間一般の話よ。私の恋人は、し・ご・と。そんな面倒なことに割《さ》く時間なんか、持ち合わせてないわよ。あ、そろそろ帰って論文書かなきゃ」

すっかり気を取り直している池田に安心してか、紋子は飲み終えた紙コップを手に、席を立った。

「帰って論文って…。色気も素っ気もねぇな」

「色気じゃ人の命は救えないわよ。ついでに医大じゃ出世もできないわ。じゃ、お先にね」

気風《きっぷ》のいい言い回しで一笑すると、その場から離れていく。

「人の命は救えないかもしれねぇけど、心は満たせるんじゃねぇのか？　わかってねぇな〜、あの女・黒河は」

「紋子先生らしいですけどね」

男勝りな仕事ぶりからは想像もつかない後ろ姿を見送りながら、池田と清水谷もつられたように笑った。

「まあな。で、当の黒河はどうした？」

と、思い出したように池田が問いかけた。

「もう、病棟に連れ戻されましたよ。続けて二本執刀しようとしたので、さすがにそれは和泉先生に止められて、病棟のナースたちに連絡されたんです。それで、車椅子で迎えにこられて、ブーブー言いながら強制送還です」

「ははは、そりゃ黒河にしたら屈辱だな。けど、聖人の判断は正解だ。昨夜の妊婦は一本だってけっこうな負担になったはずだし…。いくら人手がなかったとはいえ、入院患者が執刀してたなんて知れたら、世間に何言われるかわからねぇからな」

「ですよね。でも、上杉先生がそのまま残って執刀し続けてくださらなかったら、黒河先生は意地でも二本目にいってたと思います。昨夜は本当に急患が途切れることがなかったですから」

清水谷は経過を説明しながら、変わらず空になったコップを両手で握り締めている。

「だな」

「すごい人ですね、上杉先生って。でも…」

だが、男性としては華奢《きゃしゃ》な指先にグッと力が入り、空のコップはぐしゃりと潰れた。

「ん？」

「ちょっとだけ、悔しいです。俺じゃまだ、黒河先生に安心して休んでもらえない。でも、突然飛び込んで来た上杉先生には、それができる。助手を務めたからこそすごい人だってわかるのに、でもやっぱり悔しいなって」

池田とはまた違った角度、立場からのジレンマなのだろうが、清水谷がそれを表に出すのは珍しいことだった。黒河と同期の池田や紋子には見せない嫉妬。だが、彼らよりも二つ下、自分とは三つしか違わない上杉が相手なだけに、感じるものが違うのかもしれない。突然現われた上杉に感動したかと思えば、こうした嫉妬ものぞかせる。ただ、それは医師としてうんぬんと言うよりは、あくまでも黒河を師と慕う立場からのようだったが――。

「まあ…な。けど俺から見たらお前だって、その年のわりにはけっこうすごいぞ。ここだけでやってきたとはいえ、黒河が手塩にかけただけのことはある。お前があと何年かして、今の黒河や上杉の年になったら、いろんな面で追い越してる可能性だってあるしな」

しかし、そんな清水谷に池田は笑って言った。

「そんなことは…」

「ないとは言いきれない。可能性は誰にだってある。それこそお前、浅香なんか三十にして研修医に転向したが、救急でバンバン扱かれてる上に、プライベートじゃ彼氏の聖人がずっと面倒見てるんだぞ。外科どころか内科医としての知識までスポンジみたいに吸収して…。お前と同じくらい黒河の仕事を間近に見てきた上に、奴には看護師としてのノウハウまである。ってなったら、あと五年、十年後にはどうなってるのか、ワクワクするほど驚異的な存在だろう。後から追ってくる奴のエネルギーは、計り知れないもんがあるしな」

まるで、上杉にばかり捕らわれていると、出し抜かれるぞ。もっと他にも見るべき人材はいるぞと言いたげに、あえて浅香の名前も出してきた。

「――池田先生」

「けど、こういう刺激が間近にあるから、ここの医師は伸びるんだよ。上から下まで誰もが万年成長期なんだよ。そうだろう？」

「はい。そうですね。だからこそ黒河先生でさえ、日々成長し続けてるんですものね」

フォローが効いてか、清水谷の顔にも笑顔が戻る。

「そういうことだ」

ここでは誰かがくじけそうになっても、こうして他の誰かがフォローをしている。

些細なことであっても、気遣い合っている。

だからこそ、毎日を全力で生き、全力で勤める者たちが自然と増えて――。

そして、それは今日もなされて、池田も清水谷も互いの中に生じていたモヤモヤを消化すると、その後は仮眠室で午後からの勤務に備えた。紋子と違って帰宅はできなかったが、それでも仕事を終えた充実感と解放感から、気持ちよく眠りに就いた。

一方、これから同僚となる者たちに少なからず衝撃を与えた上杉は、次々と飛び込んできた急患に対応するまま夜を明かしていた。

「上杉先生！　お疲れ様でした」

「お疲れ様でした。いきなり乱入してすみませんでした」

熱い一夜を過ごすには過ごしたが、ずいぶん勝手違いな熱さに見舞われ、清々しい朝を迎えた。

しかし、半端な気持ちと肉欲に流されることを思えば、これ以上の熱さと爽快感はなかった。

職務意識に駆られた緊張と達成感を、苦労を共にしたスタッフたちと分け合うことは、セックスでは味わえない心の快感をくれる。

「いや、本当にお疲れ様。助かったよ、君が来てくれて」

救急救命部の部長を務める中年の紳士、富田もとても歓迎してくれた。

「できれば外科部ではなく、こっちに来てほしいよ。そうしたら今よりは黒河に梯子をしいることも少なくなるだろうし、何より救急救命部そのものが充実するからね」

救急車に指示を出したときにはどうなることかと思ったが、上杉の確かな仕事と精神は、何より周囲への自己紹介になった。新しい職場にもっとも早く馴染む方法となって、上杉自身をも安堵させた。

「そう言っていただけると光栄です」

と、そんな上杉に一人のナースがカルテを持って近づいてきた。

「先生。お疲れのところ申し訳ないんですが、今お時間取れますか？　武田さんのご家族がお待ちになっていますので…」

上杉は、玄次の治療を終えるとすぐに他の急患を担当したために、まだ彼の家族には対面していなかった。本来なら手術を必要とした段階で、家族への説明と承諾が必要なのだが、その時間さえ待てなかったことから玄次当人のみの承諾で行なった。もちろん、上杉の代理として清水谷が挨拶《あいさつ》だけはしていたが、担当執刀医のそれがすんでいなかったことから、担当ナースがタイミングを見計らって来たのだ。

「ああ。一段落したから行くよ。ここ、頼めるかな？」

「はい」

「ありがとう。では、皆さん。私はここで失礼します」

「ああ」

上杉は富田や他のスタッフに一礼すると、救急病棟の中の一室に向かった。

ここはあくまでも受け入れた急患をいっとき休めるためだけの部屋で、その後入院となった場合は、他の病棟に移される。場合によってベッドが埋まっていれば、他に転院ということもあるが、大概は調整がつけられて本館や別館といった病棟に移れることも、患者たちにとっては人気がある要因だ。特にＶＩＰフロアと呼ばれる個室だけのフロアは、各界の要人から芸能人、極道関係者までが利用していて、他の病棟のフロアとは警備態勢も違っていることから、多少価格は高くても利用する患者は跡を絶たないほどだった。

『あいつの家族か――――このまま入院ってなると、場合によってはＶＩＰだな。確か武田組の若頭とか言ってたし』

上杉は、玄次の今後のことも考えながら、部屋の前まで来た。術後二時間程度は集中治療室にいたが、容体が落ち着くのが早かったことから、こちらの一室に移されていたのだ。

「お待たせしました。担当医の上杉です」

ノックをすると同時に、扉を開いた。こぢんまりとした一室にベッドは一つ。横たわる玄次の傍に置かれたパイプ椅子に座っていたのは義足の男・武田組の組長だ。そして、その付き人と思われる厳つい舎弟見上《けんじょう》と、昨夜から付き添っていた根本がベッドの奥に立っている。

「――――…、昨日の」

男は上杉の顔を見ると、一瞬目をこらした。根本は何も説明しなかったのだろうか、もしくはひどく混乱していて、上杉が医師だということに気づいていなかったのかもしれない。

「ご縁があるみたいですね」

上杉は一礼すると、席を立って礼を返してきた男の傍へ、と同時に横たわる玄次の傍へと歩み寄っていった。

「ですね。この度は弟が大変お世話になりました。だいたいのことは根本たちから聞きました」

「弟…さん？　それは組織特有の義兄弟ってことですか？」

失礼だとは思ったが、確認を取りながら自分が手にしていたカルテで再確認した。

『武田玄次…。武田組？』

兄弟というには、あまり似ていない気がして、つい変な聞き方をしてしまった。

「いえ、実の弟です」

しかし、武田は玄次が自分の弟だとはっきり言った。

「そう…ですか。では、謝罪をしなければならないのは、私のほうです。私を庇ったりしなければ、こんなことにはならなかったでしょうに…」

　上杉は、それならばと、改めて頭を下げる。

「庇った？　庇ったのは、通りすがりのサラリーマンだと聞きましたが」

「それはことの発端です。弟さんが体勢を崩して刺されることになったのは、私のせいです。私が警察に通報しようとして、相手のやくざに見つかってしまって…。暴行されかけたところを助けてくれたんです。でも、そのために相手の攻撃を躱《かわ》せなくなってしまって…、結果的にはこんなことに」

　今になって昨夜の記憶が鮮明に思い出される。自分がいなければ玄次はこんな目に遭わなかったかもしれない。少なくとも、避けるなり逃げるなりできたかもしれないと思うと、申し訳なさばかりが込み上げてきた。

「そうだったんですか」

「はい。すみませ…？」

　だが、武田は上杉が深々と折った身体を戻したときには、玄次のほうを向いていた。

「なんだよ、玄次。話が違うじゃねぇか。どうりでおかしいと思ったんだ。たかが鬼栄会の下っ端五人程度を相手に、こんなざまなんて。ようはあれだろう。先生の前で無駄にカッコつけてるうちに、隙ができたんだろう」

　神妙な顔をした上杉を無視して、確かに兄弟だなと思えるような口調で、横たわる玄次に文句を言っている。

「――」

しかし、そんな武田に対して、玄次は口を噤んだまま何も答えようとしなかった。

ふいに視線を反らすと、昨夜とはガラリと違う印象を与える、白衣姿の上杉をジッと見た。

何か言いたげな玄次に、上杉が「何？」と聞きかける。

「玄次」

が、上杉がそれをする前に、武田が叱咤するように、その名を呼んだ。

「あ、ごめん。まさか医者だと思ってなかったから――――こんな美人が」

玄次はそう言って笑ったが、上杉には悪意をごまかされたようにしか感じられなかった。

『医者だとわかっていたら、声なんかかけなかったって顔をして、よく言うよ。ま、先生って呼ばれる職業の奴を嫌う人間はけっこういるから、そこそこ慣れてるけどさ』

仕方がないとは思っても、決していい気分にはなれず、静かに視線を反らす。

「親父が死んでから、医者ってみんな藪《やぶ》だと思ってたけど、そうでもないんだな。しかも、そうとう凄腕の外科医だったなんて、余計に惚れそう」

とはいえ、すっかり調子を取り戻した玄次の話を聞くと、上杉は「そういうことか」と、視線を戻した。むしろ自分と知り合ったことで、これまで抱いていただろう医者への不信感が少しでも減ったなら、これはこれでよかったと思えて。

「何が余計にだ。そんなんだから、刺されんだよ」

「しょうがねぇだろう。あのときは、この姿からは想像できないぐらい、怯えてプルプルしてて可愛かったんだから。その数分前なんか、更に叩くは逆らうはすごかったのに…。あのギャップを見せられたら、兄貴だって逃げ遅れるって」

とはいえ、すべてにおいて〝ああよかった〟で終わらせてくれないのが玄次という男で…。

「話が全然見えねぇな。何をどうしたら、お前が先生に叩かれる羽目…!?」

武田は話の途中でハッとすると、慌てて向き直って上杉のほうを見た。

「すいません。こいつ、どんな無茶したんですか？　さすがに素人さん相手に、筋の通らないいちゃもんはつけないと思いますが…」

「っ…それは、その」

今にも殴ってやろうかと言わんばかりの上杉は、カルテを両手で抱え、間違っても重傷者として運び込んだ玄次に手を出さないよう、自らの拳を封印している。

が、兄のフォローも空しく、玄次は自由な左手をベッドから伸ばすと、上杉が着込んだ白衣の上から、股間部分をキュッと摑んだ。

「ひっ――――!!」

驚きで後ずさりそうになったところでモミモミされて、上杉はカッとなった勢いで、カルテを後方に投げ飛ばした。

「あ。あんた、そういや着替えないと、下着がガビガビになってんじゃねぇの？」

それだけでも許せないと思うのに、真顔で問われて、とうとう上杉は玄次の胸ぐらに摑みかかろうとした。

「黙れ、このガキッ。今すぐ表の公園に放り出されたいかっ」

「せっ、先生!!　こいつの無礼は俺が代わりに謝ります!!　すいません!!」

さすがに空気を読んでか、武田の行動も早かった。

咄嗟に上杉を羽交い締めにすると、ベッドから引き離して謝罪の言葉を繰り返す。

「すいません、先生!!　若はちょっと人より正直なだけなんです。物事考える前に口にしてしまうだけなんです。でも、悪気はまったくないんです。単にこういうご気性なんです。すいませんっ」

「本当に、申し訳ない限りです。あっしらが育て方を間違えたばっかりに、こんな手の早い…。すいません!!」

怒りで震える上杉に、根本と見上は土下座に及んだ。

「――――…っっっ」

こうまでされては、さすがにこれ以上何も言えない。上杉は唇を噛み締めながら、武田の手をほどいた。気を落ち着けるためもあって、投げ出したカルテを拾いに向かう。

「な、すげぇ剣幕だろう。あの顔でこれだからよ。怯えたときとのギャップがなんとも言えなくて、ついっていうのもわかるだろう?」

だが、それでもまだ言う玄次に向けて、拾い上げたカルテを投げつけようとした矢先に、武田は殺気を予知したのか玄次の口を塞いだ。

「んぐぐ」

「本当に、重ね重ねすいません。どうか許してやってください。しつこいようですが、好意はあっても、悪気はないんです」

「いえ。許すも何も、この話はもうしたくないので忘れます。今後一切蒸し返さないでください」

上杉は行き場のない怒りをどこにも向けられなくなり、柳眉をつり上げる。

「はい」

「なんにしても、臓器と脳に問題はありませんでしたが、大腿部の損傷と肋骨骨折、それから打撲の数々による全治一ヶ月です。くれぐれも大人しく治療に専念するように言い聞かせておいてください。なんなら行きつけの病院に転院してくださってても、けっこうですので」

言い回しは変えているものの、その目は「今すぐここから出ていけ」と言っていて、武田にその後も何度となく頭を下げ続けさせた。

「いや、できればここでお願いします。あと、こちらから二十四時間の付き添いをつけたいので、特別室を取っていただけると幸いです」

上杉は、あまりに武田の腰が低いものだったから、致し方なく了解した。

「わかりました。では、そのように手配しておきます。ただし、患者本人にしても、その付き添いの方にしても、他の患者さんや病院側、私個人にも迷惑をかけるようなことがあれば即出ていってもらいますので、それだけは忘れずにいてください」

「はい。くれぐれも言い聞かせておきますので、どうかよろしくお願いします」

「では、これで」

しっかりと釘だけは刺したが、結局大した説明もないままに、病室を出ていった。

パタンと扉が閉まると、武田が大きな溜息をつく。それに合わせて根本たちも、顔を合せて胸を撫で下ろす。

「兄貴、あれは俺のお手つきだからな。間違っても惚れるなよ」

だが、それにもかかわらず玄次は、まだ懲りないのかということを笑って言った。

「生憎俺の手には負えねぇよ。どんなに美人でも、あんな跳ねっ返りはお断りだ。医者って肩書を抜きにしてもな」

何はともあれ玄次が無事だったことが一番なのか、武田も「安心しろ」と告げて、特に怒ることはない。

しかし、

「それより、玄次」

そう言って笑った後には、一晩中抱いていただろう苦痛を全身で露《あらわ》にした。

「わかってる。ごめん」

言葉にせずとも理解できてか、玄次は小さくうなずいてみせる。

「ほんと、ごめん」

「わかればいい。二度と同じミスはするな。次はないと思え」

「ああ」

「じゃあ、俺は一度帰るからな。根本、あとは頼んだぞ」

武田は、いくつになっても無鉄砲な弟・玄次に微苦笑を浮かべると、その後は根本に付き添いを任せて、部屋を出た。が、いったん表に出るや否や、武田の顔はすぐに玄次の兄のものではなくなった。

「見上。やることはわかってるな」

「もちろんです。連絡を受けた段階で、すでに四神の兄弟さんたちには、使いをやってます。ことがことだけに、少し暴れるかもしれませんが、目を瞑《つぶ》ってくださいと――」

「ならいい。だったら次は鬼栄会に使いをやれ。向こうの出方によっては、ただじゃおかねぇ。たとえ差し違えても、玄次をやった落とし前はつけてもらう」

一つの組を取り仕切る長の顔であり、極道を貫く漢の顔でもあり、上杉相手に見せたような甘さや優しさは、かけらもない。

「その心臓――、動いたままえぐり取られたくなければ、筋の通った詫びを寄こせと言っておけ。詫び方がわからないようならじかに俺が教えてやる。そう付け加えてな」

「はい」

そこにいるだけで、他人が恐れる冷ややかなオーラ。まるで研ぎ澄まされた氷のような鋭い眼差し。武田玄次の兄・武田玄武《げんぶ》は、四神会の中でも一際冷酷で策士と言われる漢だった。

しかし誰より義理堅く、そして青白い炎のように熱く、物事のけじめにはうるさい漢でもあった。

4

その日のうちに、玄次は1LKのバストイレ家具付きの、部屋代だけで一泊二万円というシティホテル並みのVIPルームに移った。部屋は入り口から入って右手にミニキッチン、左手にはバストイレ付きの洗面所、そのまま奥に進むとソファベッド対応の応接セットとテレビが置かれたリビングがあり、一番奥の窓際にベッドが配置されている。その上リビングとベッドの間にはアコーディオンカーテンが設置されており、それを仕切れば多少狭くなっても2LKになることで、入院患者と付き添いの双方のプライベートが守れる設計になっていて、病室としてはかなり至れり尽くせりという部屋だ。

しかし、そんな一室に落ち着いてから三日が過ぎた夜のことだった。夜勤中だった上杉は、玄次のナースコールに呼ばれて駆けつけると、ベッド際に怒りも露で立ち尽くすこととなった。

「あのな、どうでもいいような理由でナースコールするのはやめろよ。しかも、ナースコールで担当医を指名するのはもってのほかだろ!? 何考えてんだよ、お前」

憤慨した理由は、至って簡単なことだった。どんな異変が起こったのかと思えば、単に「二人きりで会いたかった」と、笑顔で言いきられたからだ。

「つれないな、でき立てほやほやの恋人に。こっちは一日千秋の思いで、回診時間を待ってるんだぞ。なのに、聴診器も当ててくれねぇで行っちまうから、こうするしかなかったっていうのによ」

そのためだけに、わざわざ使いに出された根本も気の毒な話だが、仮眠に入ったばかりで起こされた自分はもっと気の毒だと上杉は思う。

玄次が甘えたことを言えば言うほど、上杉の機嫌は悪くなっていくばかりだ。

「それだけ口が回れば、問診だけで十分だよ。誰が恋人だ。お前はただの患者だよ」

白衣姿も眩《まばゆ》い当院のドクターという出で立ちではあるものの、言動はすっかり地だ。

こいつにTPOなんかいらないだろうと、患者に向かってすでに「お前」呼ばわりだ。

「じゃあな」

そうしてきっぱり言い捨てると、上杉は白衣を翻《ひるがえ》した。

「待てよ」

と、すかさず玄次が上杉の腕を摑んできた。力強く引き戻されて、不覚にもドキリとする。

『――……』

玄次の体温は今もあのときも変わらない。平熱が高いのか、妙に熱い。

そのことが、嫌でも上杉に数日前の出来事を鮮明に思い起こさせる。

「っ、放せって」

相手が怪我人でさえなければ力いっぱい振り払えるものを、それができないから癪に障《さわ》る。

「キスぐらいしたっていいだろう?」

誰に向かって、どの面下げて言ってるんだと、腹も立つ。

「なんだ、息苦しいのか。だったら人工呼吸器つけてやろうか、その減らず口に」

せめてもの仕返しに、嫌味の一つ二つ返したところで、罰は当たらない。上杉は、とことん玄次を突き放す構えだ。

「これ以上身動きを取れなくして、どうするんだよ。てか、いい加減に話をごまかすなって。あんなことがなければ、俺たちは朝までたっぷり絡み合ってたはずだろう？」

「あんなことを選択したのは、俺じゃなくてお前だ」

「だったら、知らん顔しとけばよかったっていうのかよ。素人がやくざに絡まれて困ってたっていうのに」

「だったらその言葉、そっくりお前に返してやるよ。素人の俺はやくざなお前に絡まれて、そうとう困ってる。けど、皮肉なことに、こんな俺を助けられるのは、お前本人だけだ。わかったらいい加減に絡むのを、や・め・ろ」

だが、互いの感情に天と地ほどの差があっても、端から見たら痴話喧嘩にしか思えないだろうやりとりが、上杉の感情を更に逆撫でする。

「絡んでるんじゃねぇよ、俺は口説いてるんだよ。釣った魚に餌をやらないとか言われたくないしな」

「誰も釣られてねぇよ!!　そもそも餌も貰ってねぇし」

「やったじゃねぇかよ。極上な夜を予感させるだけの快感を」

よくも悪くもマイペースな玄次に、乗せられている。そんな気がして、ニヤニヤとしている玄次が憎らしくなると、上杉はとうとう職権濫用に走った。

「――――…はぁっ。明朝兄貴を呼んで、転院手続き取ってもらうことにするよ」

溜息交じりに髪をかき上げると、話を武田のほうに逸らした。

「そりゃねぇだろう、薫」

「は？」

思わず口走った玄次に、上杉の冷たい視線が向けられる。

「いや、薫…さん」

「誰が名前で呼んでいいって言ったんだよ」

言い直したところで、上杉の目つきは悪くなる一方だ。

「だって、上杉って笑えるから」

「名字で笑われる覚えはないぞ」

「俺、武田だよ」

「だからなんだよ」

いったい、どこまでどうでもいい話になったら気がすむんだと、呆れてみせる。

「武田に上杉だよ。運命感じちまって、笑っちまうだろ」

「――――そうだな。ってことは、お前と俺は一生敵同士ってことだな。じゃ」

それでもここまでよく付き合った。よく我慢したと自分を誉めると、上杉は軽く腕を払って、再び玄次に背を向けた。

「薫!!」

逃すものかと玄次が追う。

「馴れ馴れしく呼ぶな…って、何してんだよ」

「痛…っ」

しかし、咄嗟に後追いをした玄次は、上体を起こしたところで顔を歪《ゆが》めた。

両腕で胸部を抱くように押さえて、たった今走っただろう激痛を堪《こら》えた。

「勢いつけて起き上がる馬鹿がどこにいる。肋骨を二本も折ってるんだぞ」

上杉は、すぐに傍に戻って怪我の様子を確認しようと、玄次の肩に手をかけた。

「どれ、診せ――――っ」

が、その瞬間。胸を押さえていた両腕が、上杉の上体を捕らえた。

「捕まえた。やっと」

引き寄せられたまま抱き締められて、上杉は驚くうちにベッドに腰を落として身動きが取れない。

「痛みなんか、一瞬にして吹き飛んだ。いい抱き心地」

その拘束は決して強いものではなかったが、逃れることを許さない包容力があった。

「それに、あのときは気づかなかったけど薬品の匂いがするんだな。病院特有の清潔な匂いだ」

軽快に話しているのとは打って変わった艶やかな口調と声色が、ただの年下の青年にしか感じられなかった玄次を一人の男に変えてしまう。

「放せ。怪我人でも容赦しないぞ」

そうでなくても、身体も精神もまだ忘れていない。

二丁目の路地裏で行なわれた、淫欲まみれの愛撫。絶対服従をしいる熱い口付け。

ここで再び火を点けられるわけにはいかない上杉は、極力冷静に玄次に対応した。

どこまでも年上の大人の男として慌てることなく、そして流されることなく――。

「どうして？　今はこうするだけで精いっぱいだけど、両手は無事だぜ。あんたをイかせることぐらい、この手と口があれば十分だ」

それでも玄次の巧みな誘惑は、上杉の中に眠る肉欲を今にも揺さぶり起こしそうだった。

「お生憎様。死に損ないの怪我人に抜いてもらわなきゃならないほど、相手に不自由してねぇよ」

「俺は不自由してるんだよ。あんたとやり損ねてから、すっかりご無沙汰で」

「両手があるだろう。なんなら舎弟にでも咥《くわ》えさせろ」

「勃ったものも萎えるって。悪いけど俺、男で勃ったのは薫が初めてなんだ。それも、たったこれだけのことで――」

外耳に触れるか触れないかという距離で吐息を漏らす唇は、上杉が悦ぶツボを熟知しているかのように欲情を誘い続ける。

「名前で呼ぶなって言ってるだろう」

上杉は、玄次から顔を逸らし、身体を捩った。

「先生って、なんか嫌なんだよ。親父のことは別にしても、余計に年の差感じて」

それを阻止しようと、指の一本、爪の先までが若々しく、また男らしい手が、細くてしなやかな髪をくすぐるように撫でる。

「勝手にどうとでも感じてろ。とにかく、俺は当直で忙しいんだ。放せ」

どんなに言葉で逆らおうとも、身体が嫌悪感を覚えない。むしろ心地よいと悦び始める。

「だったらここで仮眠していけよ。どうせ呼ばれるまで、当直室とかにいるんだろう？」

「聞こえなかったのか？　放せ」

次第に大胆さを増してきた玄次の手が、髪を撫でつけ、頬を撫でる。

「じゃあ、せめてキスだけ」

外耳に軽く吐息をかけていた唇がチュッと音を立て、次はその唇が欲しいと甘く強請《ねだ》る。

と、ぶるりと背筋が震えて、上杉は一際強く拒絶の言葉を発した。

「放せと言ってるだろう！」

怪我人相手だから我慢をしているが、いい加減にしないかと、心底から怒りも露にした。

「——……」

玄次は仕方なく拘束を解いたが、そのとたんになぜか年下の青年に戻っている。

怒られふて腐れる子供のような目で、離れていく上杉の姿を追う。

「っ……」

上杉は玄次と目が合うと、拒んだ自分のほうが悪いのか、大人げないのかという気になってくるから、不思議なものだと感じた。年下への偏見が入った好みのためもあるが、ここでも上杉は『これだからガキは嫌なんだ。面倒くさい』と率直に思った。

「次にこんな真似したら、転院させるから。場合によっては警察病院だ。じゃ」

プイと顔も視線も逸らすと、捨て台詞だけを残して部屋を出る。

それをベッドの上で見送ることしかできない玄次は、傷む胸部を押さえながら、大きな深呼吸ののちに、溜息をつく。

「――――頑固だな、年食うと」

やれやれという口調でしみじみぼやく。

「いや、職場だからか。少なくともあのときは堕ちた」

一度はこの腕の中に堕ちた。確かに堕ちた。それが実感できるだけに、上杉がどうしてそれを今更撤回するのか、玄次にはさっぱりわからない。

「はぁっ」

出るのは説得力のある答えではなく、溜息ばかりだ。

「どうしたんですか？　若。溜息なんかついて」

すると、そんな様子を見ながら、たった今戻って来たらしい根本が声をかけた。

「ん？」

「言われたとおり買ってきましたよ、夜食」

そう言って差し出した手には、玄次から頼まれた食料や飲料水が詰まった紙袋が握られている。が、ほとんど無反応な玄次に、根本は首を傾げた。

「若？」

「恋って、けっこうままならねぇもんなんだな」

しかし玄次は、何を思ってか溜息交じりに呟いた。

「はい!?」

「人生二十六年。正真正銘のガキの頃から〝やらせろ〟って言って、脚開かなかった女なんかいなかったからな――――知らなかったよ」

それもどうなんだ!? と、普段なら笑って突っ込みを入れるところだが、今夜はそういうムードではない。

「若…」

「これが兄貴だったら、上手くやってんのかな? 年も同じぐらいだし、会話一つを取っても、俺より全然余裕あるし…」

こんなことで自分と年の離れた兄を比較するなど一度もなかったことだけに、根本は玄次の言葉に驚くと同時に、これまでに感じたことのないショックを受けた。

「若! 何を言ってるんですか。若らしくもない。相手は完全な同性愛主義者ですよ。若がその気になって、堕ちないわけないじゃないですか」

言わせた上杉に対してお門違いな怒りも湧いたが、このままでは玄次がどうでもいいような嫉妬から武田に絡みそうで、懸命にフォローに回った。

「まあ、そうは言っても相手は年上だし、医者なんてやってるエリートだし、その上そうとう遊び慣れてて、手強いかもしれません。けど、若の魅力は向こうもわかってますよ。なんていっても、若は男前ですし…。少なくとも完治されて、主治医と患者っていう関係がなくなれば、もっと先生のガードだって緩くなりますって」

「そっかな？」

なかなか浮上してこない玄次の傍までいくと、おもむろにベッド用のテーブルをセットし、紙袋の中身を出し始めた。

「そうですよ。さ、これ食べて早く元気になってください。若がいないと、みんなしょぼくれて困ります。屋敷が静かすぎて、季節外れの幽霊でも出てきそうですからね」

ベッドの端から端へと渡ったテーブルの上には、根本がわざわざ馴染みの寿司屋まで出向いて求めてきた寿司折りや飲みものが、所狭しと並べられていく。

「そら、俺のせいじゃなくて、屋敷の古さのせいだろう？　もしくは、幽霊でも堕としそうな兄貴のエロフェロモンのせいとかさ」

丁度病院食に飽きてきた頃だっただけに、玄次はそれを見るとかなり気を取り直した。

「ぷっ!!　若は、これだから」

根本は声をかけながらキッチンへ行き、やはり寿司には熱いお茶だろうと、お湯を沸かし始めた。

「ま、とにかく、一日も早くよくなって帰ってきてください。お願いしますよ」

淹れたお茶を持ってきた頃には、きっと全部食べ終わっている。

買ってきた炭酸ジュースですませているという予感はほぼ的中していたが、それでも玄次が満足そうだったので、これはこれでよしとしてしまった。

「あ、淹れたお茶、俺が貰ってもいいですか？」

「おう。お前の分も残してあるから、こっち来て食え」

『あれ、わさびが強かったのかな？』

十年も前から付き合い、付き添っているが、まるで変わっていない部分があることが心地よくて、人として愛おしくて憎めなくて、悪戯《いたずら》にわさびが集められて仕込まれたトロの握りとも知らずに、喜んで口に運んだ。

『っ!!　次からは全部さび抜きにしてやる』

またやられた！　と半泣きしつつも、ささやかな仕返しを企みながら――――。

＊＊＊

根本の応援が利いたのか、翌日になっても玄次は相変わらずだった。

「今日も綺麗だな、薫。ハグしようぜ」

「何言ってんだ、お前は。朝っぱらから頭のネジが飛んでんじゃゃねぇのか？」

「そう言わず、早く来いよ」

両腕を広げて回診を待ち構えていた玄次に、上杉は呆れた顔をした。

『キャバクラの姉ちゃんを席に呼ぶんじゃないんだから――――』

溜息も出た。これだから、問診だけで終わってしまうのだ。首からかけられた聴診器は、今朝もここではお飾りのようだ。

「冗談は抜きにして、これはマジだ。恵まれない患者に愛の手を。悪いんだけど一発でいいから抜いてくれ。そろそろ限界、人肌が恋しい」

それでも玄次は、真顔でとぼけたことを言ってきた。

「それのどこがマジなんだ？　質の悪い冗談以外の何ものでもないな」

「これでもあんたに操《みさお》立てて、我慢してんだぞ。自分の男が一人で抜いてるなんて嫌だろう？　まして美人ナースに弄ばれてイかされるなんて、もっと嫌だろうがよ」

上杉の背後には、その美人な担当ナースが失笑気味で控えているというのに、まったく気にしない。

「別に、俺には関係ない。お前の性欲の処理まで知ったことか。一人でも、誰とでもヨロシクやってくれ」

「やらねぇよ。たとえ夢精したって、二度と女じゃイかねぇよ。あんたでなきゃイかねぇ。そうでなければ、あの主食野郎と同じになっちまうからな」

本気だろうか？

「―――…」

上杉は一瞬息を呑んだ。自分を真っ直ぐに見つめてくる玄次が眩《まぶ》しい。どんなに年下の男だといっても、二十代後半だ。それなのに玄次の瞳は少年のそれのような美しさを持っていた。濁《にご》りのない白と黒のコントラストは健康的で、なのにどこか直情的で、この瞬間も上杉の心を震わせ、惑わせる。

「はぁっ。好きにしろ」

それしか言葉が浮かばず、上杉は顔を背けた。

「なら、薫―――っ!!」

「俺は俺で好きにする。ただ、それだけだから」

一瞬期待した玄次に、勘違いするなと釘を刺してから部屋を出た。

「薫っ」

当たり前のように名前を呼ぶ玄次の声が、耳に残る。

「先生?」

「気にしなくていいよ。あれも病気みたいなものだから。さ、次に行こう」

心配そうに声をかけてきたナースに一笑し、上杉はそのまま病室を移動していく。

しかし、

『何が女じゃイかないだ。男でイッたことなんて一度もないくせに』

どんなに仕事に没頭していても、ふとした瞬間に、上杉は玄次の真っ直ぐな目を思い出した。

『どこまで馬鹿なんだ、あの男は。二十六にもなって自分の体質も理解できねぇのかよ』

冗談として聞き流しているはずなのに、玄次の一言一句に翻弄《ほんろう》されていた。

『女のよさを知ってる男が、男でイくっていうのは、そんなに簡単なことじゃないんだよ。ただの性欲処理ならまだしも、本気でなんてイけるわけがない』

戸惑うたびに、上杉は自分に言い聞かせた。あの男は自分とは違う。普通に異性を愛し、また愛されることが当然の雄なのだ。たとえ自分が彼に欲情することがあっても、彼が自分に欲情することはない。同じ作りの肉体を心の底から欲し、愛せるはずなどないのだと――。

『本気で、俺のことなんか…』

ただ、そんなことを何度か言い聞かせたときだった。

「あの、上杉先生」

「はい。なんでしょうか？　清水谷先生」

「お困りのようなら朝の回診を代わりましょうか？　武田さんの」

溜息ばかりついていた上杉を見かねて、清水谷が声をかけてきた。

清水谷は上杉と共に玄次の執刀に立ち会った医師、別に交代したとしても問題はない。

だが、清水谷の立場でこれを言ってくるのは、そうとう考えてのことだろう。普通なら上から下へ指示することはあっても、その逆はない。どんなに普段がフレンドリーでも、年功序列は暗黙の了解だ。ましてや誰の目から見ても、はっきりとした実力差があるなら、尚のことだ。

「……いえ、大丈夫ですよ。いちいち気にしていたら務まりませんから」

上杉は、清水谷の言葉に背筋を伸ばすと、これは失態だと反省した。

「なら、いいのですが。差し出がましいことを言ってすみませんでした」

「いえ、そんなことは…。お気遣いいただきまして、ありがとうございます。本当に、すみません。来て早々に」

頭を下げながらも、顔を上げると微笑を浮かべて、清水谷に感謝を示した。

「先生…」

清水谷は、上杉が機嫌を損ねていないことを知って、ホッとしたようだった。

「清水谷先生、ちょっとよろしいですか？」

「あ、はい。じゃ、失礼します」

看護師に呼ばれて、去っていく。

白衣を翻して、足早に移動していく後ろ姿がなんとも可憐だ。

『お困りなようなら…か』

上杉は、癖のようになっていたのかもしれないが、これからはむやみに溜息をつくのはやめようと思った。気持ちも新たに、廊下を歩き出す。

「清水谷が駄目なら、俺が代わってやろうか」

しかし、その様子を見ていたのか、笑って待ち構えていたのは、パジャマにガウンを羽織った姿の黒河だった。

「黒河先生」

大分調子がよくなっているのか、かなりしっかりと立っている。パジャマ姿だというのに、まったく弱々しい部分がない。それどころか、本来なら自宅でしか見ることのない姿を披露され、ついドキリとしてしまいそうだ。誰もが尊敬する天才外科医は、白衣を脱いだら無責任なまでにただの色男で、前触れもなく人の気持ちを高揚させるから困ったものだった。

「お前、これから昼飯の時間だろう？　ちょっと付き合え」

が、そんな黒河に誘われ、上杉はギクリとした。

『え？　なんだろう？』

本当ならドキリとしそうな誘いのはずなのに、上杉に向けられた黒河の目は真剣で、どんな姿をしていても医師のもので、何を言われるのかと緊張したのだ。

『俺、何かしたかな？』

上杉は、背中を見せて先を行く黒河を見つめながら、思い当たる節を探した。

黒河は何も言わずに歩き続けると、病棟の廊下を突き当たり、非常階段の踊り場まで出た。

『こんな呼び出し、学生のとき以来だって…。生意気なんだよ、お前…って…。まさか、黒河先生に限って、とは思うけど』

秋風に吹かれながら、話を切り出されるのを待つ。

と、上杉の心情をよそに、黒河は振り返るとプッと吹き出した。

「いやさ、お前…、そうとう噂になってるぞ、３０３号室の極道の若様と。っていうか、いつお前が堕ちるのか、ＶＩＰフロアじゃその話で持ちきりだ。Ｘデーを予想して賭けまでしてるぞ」

ケラケラと笑って、すっかり顔が強張っていた上杉の度肝を抜いてくれた。

「ちなみに俺も今から一口乗ろうと思うんだけど、この際進行具合をこっそり教えてくれねぇ？　勝ったら配当山分けってことでさ」

一気に緊張が解けたためか、上杉の足元がふらつく。

「じょ、冗談言わないでくださいよ、黒河先生まで」

そういう話なら、自分も遠慮はしないぞと、踏みとどまって言い返す。

「そりゃあ、先生相手に俺はノーマルですなんて言ったところで、通用しないのはわかってます。でも、だからこそ誤解のないようにはっきりと言っておきます。俺、年下は趣味じゃないんですよ、年下は。まして八つも下なんて、論外です。付き合うなら最低でも同い年って、決めてるもので」

上杉は、まるで自分が玄次に堕ちることを前提にして話を切り出されたことに、何か腹立たしさを感じた。堕ちるか、堕ちないかで賭けるならともかく、いつ堕ちるかとは何事だ?

しかも黒河の言い方では、玄次が入院している間に、Xデーも設定されているように思える。

上杉は、自分の仕事の姿勢が疑われているのかと感じて、無性に憤りを覚えた。

「ふーん。だったら清水谷に代わってもらえばよかったじゃないか。回診だけじゃなく担当ごと」

しかし、上杉の言い分を聞いた上で、黒河は先ほどの話を蒸し返してきた。

「さすがにそれは…。そこまで公私混同はしませんよ」

「公私混同しないなら、交代するのが普通だよ。そのほうが仕事もスムーズだ。交代したくないのは、むしろ個人的な感情からじゃないのか?」

「っ!?」

言われて気づく、本当の話はこちらだった。

サラリと核心をついてくる黒河に、上杉は二の句が継げなくなった。

「清水谷は、お前に負けず劣らずの美人だからな。しかも、奴のが武田と年も近いし、素直で変なプライドもない。男に目覚めたばかりの初心者には、かえって扱いやすいタイプだもんな」

ただ、その後も笑って話を続ける黒河に対しては、困惑が生じた。

こんな言い方をされるぐらいなら、「とっとと担当を変わって、騒ぎを収めろ」と言われるほうがどれほどいいかわからない。何に対してもストレートな黒河らしくもない、遠回しに嫌味を言われている気がして、上杉は少しばかり声を荒らげた。

「黒河先生!!」

しかし、

「ふっ。言ってみただけだよ。安心しろ。清水谷には、同棲してる男がいるよ。たとえ俺が本気で口説いてもなびかないぐらい、ラップラブの色男がな」

「――――…」

黒河から発せられる言葉はますます鼻につくだけで、上杉は唇を固く結んだ。

とうとうプイと顔を逸らした。

このまま「失礼します」と言って、立ち去ろうかと思う。

「!!」

だが、上杉の顎に手を伸ばすと、黒河はそれを捕らえて強引に向きを直した。

「安心したら、交代する気になったか？　それとも、少しは自分の気持ちに気づいたか？　年はともかく、あれだけいい男にド直球で攻めてこられて、多少なりともときめかない奴はいないだろう？しかも、すでにパートナーがいるっていうならわかるが、お前は未だにフリーなんだろう？　あれ以来」

言葉と共に、真剣で心配そうな眼差しが向けられる。

「…っ」

この瞬間、上杉はようやく黒河の真意を突き止めた。

自分に向けられる黒河の目は、確かに医師のものだった。

しかし、それは同業者を見るものではなく、あくまでも患者を診る眼差しだ。

〝上杉…。上杉!?〟

それも以前とまったく同じ目、あの五年前の事故直後。

〝気がついたか？　大丈夫か。上杉〟

〝章徳…〟

恋人の亡骸にしがみついたまま意識を失い、そして目覚めたときに向けられていた目、そのものなのだ。

〝章徳…。章徳――――いやぁっっっ〟

〝上杉、気をしっかり持て〟

正気をなくしかけた上杉を、診続けてくれた。

〝章…徳…っ、うわぁぁぁぁっ!!〟

〝上杉、お前は医者だろう!!〟

〝っ!!〟

あのとき、今にもおかしくなりかけた上杉が正常に戻れたのは、黒河がずっと付き添っていてくれたおかげだ。

〝死んだお前の恋人と同じ志《こころざし》を持って、白衣を纏った男だろう〟

〝――――…っ〟

変な慰めは一切言わず、真っ向から現実だけを突きつけ、残された自分が何をするべきかを悟らせてくれた。自らがいくつもの死を乗り越えてきたであろう黒河の姿があったからこそだ。

『黒河先生…』

上杉は、未だに自分が心配されていたのだと気づいて、心も身体も震えた。こうして呼ばれて話をされたのも、玄次や仕事のことで心配されたのではない。本当は、あの日から傷ついたまま癒えていないのがわかる上杉の精神を気遣い、黒河なりに問診をしてきたに過ぎなかったのだ。

「悪い、突っ込みすぎたな」

上杉があまりに口を噤《つぐ》んでいたためか、黒河が動揺を見せ始めた。

「いえ…、別に」

上杉は、今の気持ちをどうやって説明しよう、言葉にしようかと思い悩んでいた。

「黒河先生には全部見られていますから、何を言われても」

多忙極まりない憧れの医師が、五年も前のことをちゃんと覚えていてくれた。あのときに負った個人的な痛みを気にかけ、未だに心配もしてくれている。ことがことだけに、それはあっても不思議のないものなのかもしれない。

だが、上杉はあくまでも一人の医師として、黒河の記憶の中にいたかった。

あの日の事故を共に乗り切った同士として、また戦友として彼の記憶には残っていたかっただけに、どうしてもやるせなくなり「ありがとう」とも「すみません」とも言えなかった。

五年の歳月を経て、少しは憧れの医師に近づけただろうと思っていただけに、そもそも同業者として見られていなかったのかと、落胆してしまって——。

「何を、って。別に何も、お前に不都合なことなんか言わねぇよ。ただ、どんな相手でもいいから、少しでも気になる要素があるなら、真剣に見てみたらどうだって言いたかっただけなんだ。医師としてではなく、一人の人間として。単純に、お前のことが好きだって言ってくるあいつを見て、検討できるようならしてみたらどうだ？　って」

それでも上杉が思いを上手く伝えられないでいたためか、その後も黒河はしゃべり続けた。

「…黒河先生？」

と、ここまでラフに話を進められ、上杉は少し先走った気持ちになっていたことに、気づき始めた。

「それで駄目なら今までどおり、仕事だけに徹すればいい。別に無理して受け入れる必要はない。ただ、患者と担当医だから無理です、年の差があるから初めから論外ですっていうのは、本気で挑んでくる相手に失礼だろう？　どっちも振られて納得のいく理由じゃないだろう？」

確かに黒河は医師として、あんな形で恋人を亡くした自分の精神を気にかけている。が、それと同時に、ちゃんと一人の人間として、普通に知人である上杉に対して意見をしているのだ。

「それなら真っ向から検討した上で、いっそお前が極道だから嫌なんだ。極妻なんて、まっぴらごめんだって言ったほうが、まだあいつも納得できるだろうし。あいつだって伊達に組織の幹部をやってるわけじゃない。ときには肩書がリスクになることぐらい、わかってるだろうからな」

まるで友人に接するように、少なくとも同じ職場の仲間に接するように、恋の噂が取り巻く上杉に対して、逃げるならまだしも無視するな、少しは真摯《しんし》に対応してやれとお節介をしてきたのだ。

「…はい」

上杉は、黒河に対する感じ方が違ってくると、なんだか急に照れくささが湧き起こってきた。

これがまったく気にも留めていない相手からの言葉なら、ただうっとうしく腹立たしい限りだろう。

だが、上杉の根底にある黒河への尊敬の念は、お節介さえ心地よい助言に変えてしまう。

「ま、なんにしても、話はそれだけだから。これ以上は貴重な昼飯の時間がなくなっても困るから、ここまでにしとくよ。行こっか、上杉先生」

それどころか、ここに来て初めてまともに構われている。相手が入院中だったがために、ずっとお預けだった世間話や交流が、ようやくできたという喜びに変わる。

「────っ…。はい、黒河先生」

上杉は、普段は見せたこともないような笑みを浮かべると、話を終えた黒河と共に踊り場から建物内に戻った。

『黒河先生から初めて上杉先生って言われた。やった!!』

わざとらしい言い回しにさえ親近感を覚えて、ＶＩＰフロアの廊下を歩くその足取りは、一気に軽いものになった。

「それにしても、こればっかりは好みの問題だからなんとも言えないが…。そんなに気になるものなのか？　年って？」

ただ、そんな上杉に対して、黒河のほうも先ほどより距離が近くなったと感じたのか、ますます話の内容に容赦がなくなってきた。

「だってよ、言っちゃ悪いがお前の年から考えたら、相手が若いほうが、いろんな意味で長持ちするし、楽しめるんじゃねぇの？　同級ならまだしも下手に年上なんか選んだら、完全に中年の域だろうし。セックスするにしたって、ねちっこいか物足りないかで欲求不満になりそう…」

「………」

真っ昼間の病棟の廊下だというのに、なんてことを言うんだという内容になっている。

「あ、余計なお世話だったな。すまん、すまん…」

さすがに黙り込んで俯《うつむ》いた上杉に、黒河はしまったという顔で謝ってきた。

「――――痛っ!!」

と、なんでも笑ってごまかそうとするから天罰が下ったのか、よそ見をしていたために廊下脇に置かれていた車椅子にぶつかり、思わず患部を押さえて立ち止まった。

「先生!!　大丈夫ですか？」

上杉は黒河の背に手を回すと、痛みに耐えるその顔をのぞき込む。

「――――大丈夫だ。ちょっと、取っ手がいい具合にヒットしたが、それだけだ」

「それだけじゃないじゃないですか!!　すぐに部屋に戻って、傷口を確認しましょう」

状況に驚き、慌てて黒河を病室に誘導しようとする。

「いや、そこまでは…」

「何、素人みたいなこと言ってるんですか。早期発見、早期治療。なんでもなければ、それにこしたことはないんですから。さ、診ますよ」

表情を一変させた上杉に、黒河がぼやいた。

「本当、怪我人を前にすると、とたんに元気になるよな、医者とか看護師って」

「先生ほどじゃないですけど」

自分を棚に上げるなと言い返すと、黒河は唇を尖らせた。

「げっ。やぶ蛇」

拗ねた黒河が妙に子供っぽい。

「――――!?」

その瞬間、上杉は出会ったときから頼りがいのある年上の黒河に新たな一面を見た。

容姿や年齢に関係なく、その人柄が可愛い、言動が可愛いと思えたのだ。

『あれ？　ガキっぽく見えるのに、年は関係ないってことか？　俺がクールなタイプとばかり付き合ってきたから知らなかっただけで、黒河先生やあいつみたいに喜怒哀楽をはっきりと出すタイプには、あんまり年齢って関係ないのかもしれない』

だが、その後は極道にもかかわらず、やけに天真爛漫《てんしんらんまん》な玄次の姿が浮かんだ。

〝薫。ハグしようぜ〟

ガキだガキだと思っていたものが、見方を変えたら、これまでとは違った印象を覚える。

〝捕まえた。やっと〟

次第に熱い抱擁が蘇《よみがえ》る。

〝いい抱き心地だ〟

打って変わったように、鼓膜をくすぐる男臭い台詞が、上杉の肉体を疼《うず》かせる。

〝やらねぇよ。たとえ夢精したって、二度と女じゃイかねぇよ。あんたでなきゃイかねぇ〟

何に対してもストレートすぎる玄次の言動が、全部本気なのだと考えたとたんに鼓動も強く、早くなる。

「どうした？　いきなり赤くなって。風邪か？」

そんなときに真顔で黒河に言われたものだから、上杉は心臓が止まりそうになった。

「――――いえ、なんでもありません」

咄嗟に取り繕《つくろ》いはしたが、急速にこれまでとは違った意識を玄次に持ち始めたことで、動揺しているのが自分でもわかる。

「とにかく、大事なときですから、気をつけてください。先生の退院を待っている方は、たくさんいらっしゃるんですから」

焦る自分を落ち着かせるのは、やはり職務意識を強めるのが一番だ。

「ああ、面目ない」

「俺も待ってるんです。先生と一緒に働ける日を、トリアージの講習を開始する日を」

黒河に意識を向けることで、上杉はどうにか気持ちを落ち着かせた。目の前にある現実を見ることで、どうして自分が帰国してきたのか、また東都へ来たのかを再認識した。

「上杉…!?」

「伊達にあれから五年は経ってないなって、誉めてほしいので。せめて黒河先生に、成長を認めてほしいので」

そう。日本に帰ってきたのは、恋をするためじゃない。あくまでも仕事をするため、自分に課せられた使命を全うするためで、何より黒河という目標にどれだけ近づいているのか、それを自身で計るためだ。

「そっか。なら、一日も早く退院しねぇとな」

「はい」

目的と目標を定めると、上杉は気持ちが落ち着き、黒河の言葉に力強くうなずくことができた。

そのまま黒河を病室に戻して、車椅子の取っ手にぶつけたという患部の無事を確認してから、昼食に向かった。

「あっ」

「……」

しかし、黒河の部屋を出たところで、車椅子で移動中だったらしい玄次とかち合った。

「今からリハビリか？　焦って無理しない程度にやれよ」

見方が違ってきたためか、それとも気持ちが落ち着いているためか、上杉の顔には自然に穏やかな笑顔が浮かび、口調は柔らかなものになっている。

「っ、ああ」

それが不思議に思えたのか、玄次は気のない相槌だけを打つと、そのまま通り過ぎていった。

『武田玄次か――――』

彼の近くを行き交うナースたちの視線が、心なしか熱い。院内着姿であれだけ気を引くのだから、本来の姿で現われたらどれほど気を引き、また目を奪うことだろう？

上杉は、玄次の姿を今一度見つめると、渇いた唇をクッと噛んだ。

『検討だけでもか…』

濡れた舌先で潤すと、止めた足を再び動かし、今度こそ昼食に向かった。


翌日のことだった。上杉は担当のナースと各部屋を回りながら、玄次の部屋を訪れた。

「回診の時間です」

昨日までの重い足取りが嘘のように、今朝は軽快だ。

「調子はどうだ？」

今にも鼻歌が出そうな調子で、ベッドに向かって声をかける。あれから一晩考えた結果、上杉は玄次のことに関しては、彼が退院してから考えようと答えを出していた。

患者と担当医でなくなったとき、それでもまだ玄次が今と同じ気持ちで接してくるなら、出会い初めに戻って、武田玄次という男を見てみよう。白衣を纏わぬ素の心で、自分が本当にこの男と付き合えるのか、愛し合えるのかを真剣に考えてみようと決めて、その上で玄次が今日また何か言ってきたら、今だけは治療に専念させてくれ、医師として接することに徹しさせてくれと断りを入れておこうと思っていたのだ。

「――――?」

だが、そんな上杉の調子を狂わせるように、今朝の玄次は横になったまま窓のほうを向いていた。

一瞬まだ寝ているのかと思って近づくが、そうではない。少年のまま大人になったような澄んだ双眸は、はっきりと開いて表の景色を映している。特に充血もしていないし、目だけを見る限り体調が悪くなっているようには思えない。

「どうした? どこか調子でも悪くなったか?」

それにもかかわらず無反応なことが気になり、上杉は玄次に手を伸ばした。

「別に」

肩に触れようとした手を拒絶されて、眉を顰める。

『また何か無茶でもして、悪化させたんじゃないだろうな』

胸かドキドキしてくる。嫌な想像ばかりが湧き起こる。

「ちょっと、失礼」

上杉は、首からかけていた聴診器を耳につけると、布団をずらして玄次の胸元を探った。

『……?』

院内着の上からでもわかるスリムなシルエット。

その割に硬質な筋肉を持った胸元から心臓や肺の様子を窺《うかが》うが、特に異状は感じられない。

ほっそりとした長い指先に摘《つま》まれた器具が滑るのを意識してか、少し鼓動が早くなった程度だ。

『骨折のほうか？』

聴診器を放して、じかに胸元に触れて確認するが、折れた肋骨を保護するように巻かれた包帯も緩んだ形跡はない。

『じゃあ、脚か？』

上杉は刺された脚が気になり、布団を更にまくり上げると、玄次の左太腿に触れようとした。

「…っ」

が、院内着のズボンの中で憤る雄のシンボルに気づくと、一瞬手が止まった。

店の中で、路地裏で、突然抱き寄せられて押しつけられた記憶がまざまざと蘇る。

ズボンの上からでもはっきりと自己主張をする肉棒は挑発的で、すでにセックスでの快感や愉悦を知る上杉には、ただただ酷な存在だ。意識しただけで、身体が熱くなってくる。

「もういいよ。なんでもないって。すぐに出ていけるほど元気だから、これ以上は触るな」

「……確かに、元気そうだな」

バツの悪そうな玄次を気遣い、上杉はナースに気づかれないよう布団を戻してやった。

「じゃ、お大事に」

何事もなかったように声をかけて、傍を離れた。

『本当に自分でも抜かない気かよ』

玄次のことを検討するのは、白衣を脱いでから。そう決めたばかりなのに、その矢先にこれでは、否応なしに考えてしまう。

『ったく…』

検討しようと思ったところで、すでに気持ちは動いている。身体だけではなく、心が新たな恋を求めて動き始めていると思うのに、こんなことではどうしたものかと不安になる。

「―――は…」

だが、思わず溜息をつきそうになって、グッと堪えた。

清水谷の気遣いを思い起こして、上杉は口元を手で隠す。

『しっかりしろ。ここは病院だ。職場だ。どこで誰が見ているかわからない。患者は玄次だけじゃない。まずは仕事に集中だ』

これでは昨日の二の舞だ。あまりに学習能力がない。

「次、行こうか」

上杉は同行しているナースに声をかけると、別の患者のもとへ移動した。

「回診の時間です」

そうして今日も朝の一仕事を終えると、その後は予定された手術の執刀に向かった。

まずは黒河が抜けた穴を補うように、回復を願う患者を救うために、病巣に向き合った。

毎日のことではあるが、上杉の一日はあっという間に過ぎていた。

朝はミーティングののちに入院患者の回診から始まり、午後は外来と手術が順番に巡ってきて、日によっては夜勤が入る。自宅マンションには寝に帰るだけ、着替えに帰るだけと言っても過言ではないぐらいの状態で、出勤してから数日後には食事もシャワーもすべて院内の施設ですませてしまうほど、上杉の生活の中心は職場になっていた。

「上杉先生…。いきなりハードスケジュールになってしまってますが、疲れませんか？　帰国したばかりなのに、大丈夫ですか？」

「平気、平気。体力には自信あるほうだし、早く環境にも慣れたいから、丁度いいかな」

この東都医大が、生活の場にすらなり始めていた。

「それに、ここには清水谷先生みたいに気を遣ってくれる人も多いから、気持ちよく仕事させてもらってるしね」

「そう言っていただけると、ありがたいですが。うちの救急は本当にハードなのでね…。特に必要とあれば、他科も何も丸無視で、声がかかりますし…」

「ははは。確かに、そうみたいだね」

だからというわけではないが、上杉は時間ができるとまめに入院患者の様子を見に、病棟まで足を運んでいた。

『そろそろ夜の点滴の時間か？　そういや、今朝はやけにしおらしかったけど、どうしたかな？』

玄次が気づいてないだけで、一日に何度かは必ず様子も窺っていた。

「武田さん。点滴の時間ですよ――――きゃっ!!」

しかし、この日はこれまでになかった光景を目の当たりにした。

『は!?　今、ナースの尻を触らなかったか!?』

VIPフロアの個室とはいえ、セキュリティがしっかりしている分、扉をオープンにしている部屋は多い。玄次の部屋も就寝時間以外は開放されていることが多く、だからこそ上杉へのアプローチも隠し立てなく世間に広まってしまうのだが、そんな一室を通りすがりにのぞいたがために、上杉は一瞬我が目を疑った。

「なあ、ここに来てから誰も夜這いに来てくれねぇんだけど、俺ってそんなにイケてねぇ？」

玄次が点滴の用意をしているナースに、やたらじゃれついていた。

「もう…。何言ってるんですか、いきなり」

「だって、外科だぞ。内科じゃねぇんだから、普通はあるだろう？　そういうの」

「ありませんよ。エッチビデオの見すぎです」

「だったら内緒であるようにしてくれよ。もう限界。女の柔肌が恋しくて、毎晩夢精。悪いようにはしねぇから、今夜一発抜いてくんねぇ？」

なんだそれは？　と、聞きたくなるほど、ストレートに挑発もしていた。

「悪い冗談はよしてください。何が一発ですか」

「んじゃ、しばらく専属で百発ぐらい。いっそそのまま俺の女になるってどう？」

「――――…っっっ、真顔でナンパしないでください。期待しちゃうでしょ!!」

本気ではないとわかっていながら、それでももしかしてと思わせる玄次の挑発に、とうとうナースが自己防衛に出た。手にしていた点滴の針を、おもむろに玄次の腕にブスッと刺した。

「痛ぇっ!!」

「我慢、我慢。じゃあ、後でまた見に来ますからね。ちゃんと大人しくしててくださいね」

そうして自制心を守り抜くと、ナースは玄次を窘《たしな》めてベッドから離れた。が、明らかに頬が赤い。

『――――』

上杉は部屋を出てくるナースとかち合わないよう、すぐさま廊下を通り過ぎた。

『あの野郎。結局俺は副食か!?　それ以下か』

が、その顔つきはそうとう凶悪なものになっている。

「…うっ、上杉先生？」

隣を歩いていた清水谷の顔色も、つられたように悪くなる。

「何？」

「いえ、なんでも…」

気まずい空気が流れる中、清水谷は笑顔でその場から退散する理由を探し始めているようだ。

「あ、そうだ。そういえば清水谷先生って、彼氏がいるんですよね？　それも俳優の」

そんな清水谷が可愛く思えて、上杉はつい口にした。

「はっ!? は？」

「俺まだ業界人とは付き合ったことがないんだよな～。どっかにいい男いないか、彼氏に聞いてくれません？ できれば三十代半ばから後半ぐらいが希望。どんなにいい男でも、年下は却下だから、そこだけ気をつけてくれればＯＫ。あ、ある程度の趣味にまでなら付き合えるから、そこも売りにして。女装はやだけど、軽いＳＭぐらいまでならいけるって」

冗談を真に受けた清水谷は、無言のままパニックに陥っている。昨日の黒河の話ではないが、玄次もこんな清水谷が相手なら、もっと楽だったかもしれないと思った。

『素直で可愛いな、清水谷先生は。俺とは大違いだ』

これは年のせいではなく、性格の問題だ。そう感じると、なんだか上杉は一気に力が抜けた。

「嘘。言ってみただけですよ。清水谷先生ったら真に受けて。じゃ、俺はこのまま仮眠室に行くから」

「は、はい。お疲れ様でした」

その場で清水谷と別れると、夜勤に備えて、仮眠室へ向かった。

『俺の女か――――』

横になったとしても、眠れそうにない。それはわかっていたが、とりあえず身体だけでも休めるために、仮眠室のベッドに横たわった。無理にでも瞼を、しっかり閉じた。

あの場限りの冗談かと思いきや、玄次のナンパは翌日になっても繰り返された。

朝からナースを口説いたかと思えば、昼にはリハビリ担当の美人女医を口説き、午後の面会時間には、何人もの女友達を呼び寄せた。

「玄次!! どうしてもっと早くに連絡くれなかったのよぉ」

「そうよ、そうよ。最近店に顔を出さないから、どうしたのかと思ってたのよ」

「悪ぃ、悪ぃ」

「どうせ玄次のことだから、美人ナースに現《うつつ》を抜かして、わたしたちのことなんか、忘れてたんでしょう。怪我にかこつけて、いっぱいお世話されちゃって。それで私たちに知らせなかったんでしょう。悔しいっ」

通りすがりに聞こえてくる会話から、女はクラブホステスのようだったが、なんにしてもみんな驚くほど美人な上に若かった。

「んなことねぇって。けっこう期待してたのに、全然構ってもらえねぇんだから」

「えー、うっそぉ」

「嘘なもんか。入院してから、毎晩夢精だぞ。ありえねぇって」

「それ本当? 信じらんない」

これではまるで上杉への当てつけかと思うほど、玄次はこれ見よがしに女と戯《たわむ》れていた。

『だからここはキャバクラかって』

それでも上杉は、どんな場面に遭遇しても、見て見ぬふりを決め込んだ。

次第に能面のような顔つきになっていきながらも、決して玄次本人に文句も言わない。

ときおりクッと唇を噛み締め、深呼吸をする。あとは、自分から仕事を探して、動き回ることで、気を紛らわせた。

「どれどれ～」

「だったら確認してみろよ。饑《う》えてるから、すぐにでも反応するぞ」

『何!?』

しかし、さすがにこれは聞き捨てならなかったのか、上杉は扉を叩くと一喝した。

「少し静かにしていただけますか？　他にも患者さんがいますから、騒ぐのも大概にしてください」

「うわっ、怖っ」

「インテリって、これだから嫌～」

「おい、口を慎め」

玄次は苦情を言ってきた上杉を見ようともしない。

「すいませんでした。先生」

「いえ…、気をつけてくだされば、それでけっこうですから」

出入り口に駆け寄ってきた根本との他人行儀なやりとりで、その場は終わる。

上杉はプイと顔を逸らして、部屋を離れた。

「あ、先生！」

根本が何か言いたげに呼び止めてきたが、上杉はそれを無視した。

『なんだよ？　あの態度は』

単純に考えれば、玄次が欲しいと思ったときには、上杉がその気にならず。上杉が考えてもいいと思い始めたときには、玄次のほうの気が逸れた。追うのに疲れたか、諦めたというほうが適切なのかもしれないが、なんにしても玄次は玄次で上杉が一向になびかなかったので、気持ちを早々に切り替えたのだろう。潔《いさぎよ》いといえばそれまでかもしれないが、諦めが早いといってもそれまでだ。拒み続けた上杉が文句を言えた義理ではないが、これでは拍子抜けというよりは、だったら初めから誘うなと言いたくなる。一週間も持つか持たない恋なら、むしろ最初に拒まれたときに諦めろ、と。

『だからガキは嫌なんだ』

もちろん、こんなものは年とはなんの関係もない恋愛観、個人の価値観差やフットワークの違いなのはわかっている。どこで燃え始めて燃え尽きるのか、こればっかりは本人次第だ。だから、恋は唐突で、愛はときに気まぐれなのだ。

『いや、普通の男は嫌なんだ』

それでも上杉は、どうしてもこの二つを理由にしてしまおうと気持ちが動いた。

玄次が見せる瑞々《みずみず》しい若さと正常な雄の本能は、いずれも今の自分には縁がないと感じるものだった。ときには眩しすぎて目を伏せてしまうほどで、だから初めから見ないように意識していると言っても、過言ではないものだったから。

『――――…人を馬鹿にしやがって』

間が悪いとしかいいようのない気持ちの変化に唇を嚙むと、上杉はこれ以上彼のことで何かを引きずるのはやめようと決意した。

「どうしました？　上杉先生。顔色が悪いですよ」

「いえ、なんでもないです」

何かと気にかけてくれる清水谷にも申し訳がない。最初の休みは羽目を外そう、気分転換に徹しようと決めて、今夜の予定を頭に描いた。

「無理しないでくださいね」

「ありがとう」

明日はここへ来て初めての休日だった。

何事もなければ、丸々一日だらだらできる、貴重な一日だ。

自分がホッとできるような男の腕の中で、目覚めるのもありだろう。仮初《かりそ》めの恋と肉欲に溺れて、日々のストレスを解消し合ったところで、誰にも文句を言われる筋合いもない。

上杉が心から愛した男は、この世にいない。貞操を誓った男は、二度と目の前に現われない。

しかし、いつか新しい相手ができるかもしれない。ときを重ね、肉体を重ね、そうするうちに心を重ねることのできる相手に巡り合って、少しは渇いた心と身体が潤うときが来るかもしれない。

そんな期待をまったく持っていないわけでもないので、上杉はその夜仕事を終えると、いつもの店に顔を出そうと決めて、通用口を後にした。

『――――？』

だが、そこから正門に向かおうとした途中のことだった。上杉は、院内着にコートを羽織った姿で身体を揺らし、それでも外へ出ていこうとしている玄次の姿を目に留めた。

「おい、そこで何をしてる？」

慌てて駆け寄った。

「別に」

「は!? 何が別に、だ。病室に戻れ」

脚の傷も肋骨の骨折も、とりあえず順調に回復している。しかし、回復し始めた今だからこそ、用心が必要だというのに、玄次は何を考えているのだと憤りが湧き起こる。

「放せっ」

「玄次！」

「兄貴が…、組長が俺のことで鬼栄会に落とし前を迫って、チンピラに襲撃されたんだ。逆恨みされて、鉄砲玉を飛ばされたんだよ」

「―――!?」

しかし、怪我の状態をわかっていながら玄次が無茶をしていたのにはわけがあったようで、上杉はそれを聞くと一瞬戸惑った。

「いくら命に別状はないって言ったって、黙ってられるか。様子も確かめもせずに、自分だけのうのうと寝てられるか。ましてや、敵《かたき》も討てずにいられるわけがないだろう」

摑んで引き留めている腕が、身体が熱い。

玄次の全身は乱闘で怪我をした夜のときのように、掻き立てられた闘争心からか、熱を発していた。

「何を言ってるんだよ、怪我人の分際で。こんな身体で出向いたところで、兄さんだって心配するだけだろう。ましてや敵討ちなんて行ったところで、返り討ちに遭うのが関の山だぞ」

上杉は、とにかく玄次の気持ちを諫《いさ》めようと、摑んだ腕を強く握った。

「だいたい、お前は自分の身体や命をなんだと思ってるんだ。無鉄砲なのも大概にしろ。いったいどれだけの人間が必死になって、救った命だと思ってるんだ」

どうにかして病室に戻さなければと、説得にも当たった。

「知らねぇよ、そんなこと。それはあんたたちが仕事でしたことだろう」

「何!?」

それなのに、思いがけないことを言われて、ズキリと胸が痛んだ。

「こうして今、俺を止めてるのだって、ただの職務意識だろう？　別に俺が患者でなければ、あんただって俺みたいなやくざにはかかわらないだろう？」

何かを言う前に利き手が上がり、抑えきれなかった憤りから、その手を下ろして、玄次の頰を打った。

「ふざけるな。俺は医者だから止めてるんじゃない、命の重さを知ってるから止めてるんだ」

「…っ!?」

突然の痛みと激昂を浴びて、玄次は驚きを隠せないでいた。

「人の命にやくざも何もあるもんか。そんなこともわからないから、ガキだって言うんだよ」

が、憤慨を露にする上杉を見る玄次の目が、なぜか悲憤に満ちていった。反抗的になるか、反省するか、どちらかならわかるが、そのいずれでもない表情をのぞかせたのだ。

「だったら尚更やめてくれ。もう、これきりかかわらないでくれ」

玄次は声を荒らげると、腕を摑んだままの上杉を、力いっぱい振り払った。

「っ！」

足元を取られた上杉に手を伸ばすと、身体の痛みさえ忘れたように、きつく抱き締めてきた。

『――――!?』

突然の抱擁に驚いたときには、唇を奪われた。

『っ…？』

強引で身勝手な口付けは、あの日の夜と変わらない。むしろ激化したようにさえ思えて、上杉を困惑させる。

「んんっ、放せっ!!」

自分を諦めたにしては熱すぎる玄次に焦って、上杉は彼を突き飛ばした。

「俺が一つの命にしか見えないなら、特別なものに見えないなら半端に構うな。一人の男として好きになれない、相手にする気になれない――――いや、そもそも他に相手がいるんなら、ほっといてくれ。明日から担当医師も他の誰かに代わってくれ」

しかし玄次は、身体よりも心が痛いんだと悲鳴を上げてきた。

「っ!!」

「俺は…、俺はあんたと本気で付き合ってみたいんだよ。あんたって男と、心底から惚れ合ってみたいんだよ。どうしてだかわからないけど、そう感じるんだよ」

溜まりに溜まった激情を、堪えきれずに全部吐き出してきた。

「だから、身を挺しても庇ったたし、好きだとも言ったし、キスも迫った。俺にとってあんたはもう、誰より重い存在だし、なんかわかんねぇけど特別なんだよ。誰より守りたいと思える、命の持ち主なんだよ。なのに――――なのにあんたは…」

上杉は、こいつはどこまで勝手なんだと、改めて思った。

熱くなるのも一方的なら、我慢に限界が来るのも一方的だ。

好きだ好きだと連呼するわりには、相手の気持ちなどお構いなしで、少しは自分の身勝手さに自覚はあるようだが、だとしてもそこに対しての反省がまったくない。どこまでも自分のペースで話を転がし、思いを転がし、それについてこられない者に対しての配慮が、まったくない。

「悪い。こんなのは、俺の身勝手だな。ただの我が儘だな。だからガキはって言われるだけの、傲慢さだな。けど、それが嫌なんだったら、本当に構わないでくれ。俺も忘れる――――、何をしてでも、あんたに惹かれたことは忘れるから、全部なかったことにしてくれ」

玄次があまりに幼稚で、上杉は返す言葉が出なかった。

「ってことだから、担当変更をヨロシク。ここにはあんたと同じぐらい優秀な医者はいるだろう？別に怪我を診るだけなら、誰だっていいから。必ずしも、上杉先生である必要はねぇから」

純粋と言えば聞こえはいいが、ここまで来るとこいつはただの馬鹿だろうと、怒りばかりが込み上げてくる。

「じゃ…」

そうこうしている間に、玄次が病室を抜け出したことに気づいたのだろう、根本が必死に捜している声が響いてきた。

「――――いた!! なんてことしてるんですか、若。あれだけ組長のことは、俺たちに任せてくださいって言ったじゃないですか。組長だって、先に自分の身体を治せって。自分は無事だから心配するなって言ってたでしょう!?」

姿を見つけるなり駆け寄ってきて、まるで子供を叱るような口調で玄次を諭した。

「…っ」

どんなに意地を張ったところで、ここでした予定外の無茶が、玄次の行動に歯止めをかけた。

玄次は胸を押さえると、根本に身体を預けるしかなく、家に帰ることは諦めざるをえない状態だ。

「さ、部屋に戻りましょう」

「…っ」

うんともすんとも言えずに噤んだ口元が、これまでにないほど悔しそうだった。

「お手間をかけてすいませんでした、先生。若は、俺が責任持って部屋に戻しますから、どうぞこのままお帰りになってください」

根本は二人の間に漂う空気を察してか、言葉を選びながらも、上杉には今夜はこのままにしてくれ、ほっといてやってくれと釘を刺してくる。

「本当に、すいませんでした」

そうして玄次の身体を支えながら、途中から何一つ言えなくなった上杉だけを残して、根本は病室に戻っていった。

『怪我を診るだけなら、誰だっていい。必ずしも、上杉先生である必要はない――――か』

上杉は、感情のままに発しただろう言葉を真に受けて、腹も立っているが傷ついている自分にも情けなさが込み上げた。

『馬鹿野郎。人を舐めやがって。男としても、医師としても舐めやがって。何が、誰より特別なんだ。重い存在なんだ。こんなに軽視されたのは初めてだぞ』

なんて奴なんだと思っているのに、本当は自分のことを諦めたわけではなかった。諦めようとして視線を逸らしただけで、まだまだがむしゃらなぐらい自分を好きでいる。

上杉薫という男をやけになるほど好きでいるのだと知ると、ホッとして喜んでいるのが情けなくて、おかしくて、どうかしてるとしか思えないのに、身体が芯から熱くなった。

心が震えて、止まらなかった。

『人の気も知らないで…。惚れた相手の変化にも気づけないで』

上杉は、ありったけの力で抱き締められた我が身を抱くと、しばらくその場で余韻に浸った。

『これだから気の利かない男は嫌なんだ。ガキは、ガキは嫌なんだよ!!』

玄次がぶつけていった愛欲を嚙み締めながら、火照った身体と心を夜風で冷ました。

＊＊＊

翌朝のことだった。

「すみません。どうしても様子が気になる患者がいるので、今日の休みを後日に回していただけますか？　そのままなくなってしまっても構いません。回診が終わったら、他科の応援でも、なんでもしますのでお願いします。我が儘言ってすみません。では、よろしくお願いします」

上杉は早朝のうちに病院へ電話を入れると、休日の取り消しを申し出た。昨夜は乱行、今日はのんびりだらだら過ごそうと決めていたのに、それはどこにも寄らずに帰宅した段階で撤回されていた。

「――――これでいいかな？　章徳。年下の極道となんて、どうなるかわからないけど…。三日持つか、それすら怪しいけど」

死んだ恋人の写真を手に一晩悩み、上杉はとりあえず玄次の思いを受け入れることを決意していたのだ。

「でも、この五年…。あんなに強く抱かれたのは初めてで、求められたのも初めてで、さすがにグラッときちゃったから…しょうがないよな？」

そして、今後も担当は代わらない、代わるつもりがないことを示して、それを玄次への答えにしようとした。だからこそ貴重な休日を取り消し、仕事の変更を求めてまで、上杉は病院へと向かったのだった。

「な、章徳…許してくれるよな？」

一方、玄次は感情のままに出した言動のために、すっかりしょげていた。

『なんでこうかな、俺は』

傍にいる根本は何も言わなかったが、窓の外ばかり眺めている玄次を、ときおり心配そうに見ていた。

『そもそも相手は命の恩人だろうに。刺されどころが悪くって、下手すりゃ出血多量で死んでたところを助けてくれた。好きだの嫌いだの言う前に、ありがとうって言って、感謝しなきゃいけない男だろうによ』

と、面会時間を無視して、部屋の扉がノックされた。

回診にはまだ早い。だが、もしかしてという期待から、玄次は身体を起こして振り向いた。

『薫!?』

「時間外にすまねぇ。調子はどうだ？　玄次」

しかし、部屋を訪ねてきたのは、上杉ではなかった。相手は玄次と同じ関東連合四神会系に属する鳳山《ほうやま》組の組長、鳳山駿介《しゅんすけ》。玄次より一つか二つ年上で、まだまだ若いが男気のある組長だ。

「あ、鳳山の組長さん」

「駿介さん。どうも」

気さくでさっぱりとした気性に、精悍《せいかん》なマスク。学生時代は野球で鍛えたという豪腕は今も尚健在で、そんな駿介が玄次も根本も好きだったことから、少しばかり笑顔が戻った。

「なんだ、思ったより元気そうだな。安心した」

「すいません。ご心配おかけして」

「いや、経緯は聞いたよ。なんとも、お前らしい理由だが、ほどほどにな。そうでないと玄武さんに、ますます辛いを思いさせるぞ。今となっては兄一人、弟一人なんだからよ」

「はい」

これぱかりは反省しつつ、素直にうなずく。が、そんな和気藹々《わきあいあい》としたところに、再びノックの音が響いた。

「ん、誰だ？」

『薫――あいつは!!』

二度目の期待。しかし、部屋に入って来たのは白衣を纏った黒河で、玄次は眉をつり上げた。

「おう、駿介。来てたのか」

黒河は、駿介の姿を見るなり声をかけていた。

「あ、先輩。この間はどうも、義姉がお世話になりました。後から聞いて、驚きましたよ。まさか先輩が立ち会ってくれてたなんて、思ってませんでしたから」

「ああ。俺もビックリしたさ。急患で運び込まれてきたのが、よく見たら翔子《しょうこ》さんで。まさかこの手で流一《りゅういち》の子供を取り上げることになるとは、思ってなかったからな。それも三人も」

「ですよね」

個人的にも、仕事を通しても、二人が親しいことが窺える。

玄次は特に口を挟むことなく、様子を窺っていた。

「で、この患者はお前の知り合いだったのか」

と、会話の流れの中で、黒河の視線が玄次を捕らえた。

「はい。同じ四神会の弟分です」

「そっか。なら、少しは説教してやるんだな。やくざなんて、いいもんじゃない。命がいくつあっても、足りねぇぞって」

「いや、それは俺が言えた義理じゃ…」

「だよな。ま、なんにしても、惚れた相手を泣かすようなオチにだけはならないようにな。駿介も、君も」

人懐っこい微笑が、年上の男の余裕にも思えて、玄次は奥歯をグッと噛んだ。

「――…あんた、ここの医師だったのか」

ついつい口調がつっけんどんになる。

「あ？」

「てっきりただの入院患者なのかと思ってたけど、なんだ…、あいつの同僚だったのか」

先日目にした上杉と黒河の光景が思い出されて、掛け布団を握る手に力が入る。

「ん？」

「だとしても、そうとういい性格してたんだな、あいつ。昨夜は俺の言い方も悪かったとは思うけど、だからって自分の男に担当引き継ぎするなんて…。だったら病院変えろって言って、追い出しゃいいのに。まどろっこしい」

昨夜の今朝だけに、これが上杉からの答えなのかと思うと、玄次はいてもたってもいられなかった。

「何、ぶつぶつ言ってるんだ？　って、何してんだ、お前は!!」

いきなり態度を豹変させ、ベッドから抜け出した玄次に、慌てて黒河が歩み寄る。

「もう、帰るわ」

「馬鹿言えよ。誰が許可した」

「誰の許可もいらねぇよ。こっちの勝手だろう」

「おい、玄次？」

一体何がどうしたのかわからないのは黒河も駿介も同じで、駿介は二人が揉み合い出すと、とりあえず玄次のほうを宥《なだ》めにかかった。

「止めないでください、駿介さん。これは個人的なことなんで」

しかし、玄次は行き場のない感情からプイと顔を背けて駿介さえ振り払う。

「ふざけんな!!　何が個人的だ。必要なときだけ転がり込んでくるくせして、病院をなんだと思ってるんだ。本気で治療する気がないなら、最初から来るな!!」

あまりの態度の悪さに、とうとう黒河が声を荒らげた。

「なんだと、テメェ」

「やめろ、玄次」

何が原因なのか別として、玄次が黒河を目の敵にしていることだけは、その目つきからも窺えるので、駿介はひたすら玄次を鎮めようとした。

「悪いが連帯責任だな。お前が勝手をするなら、今後うちの病院で、やくざの出入りはお断りだ。二度と受け入れねぇ。何かあっても勝手にくたばれ、お前や駿介共々、極道全員な」

「テメェ、何様のつもりだ」

が、こうなると玄次だけを宥め、鎮めればすむというものではなくなってくる。

「やめろって」

ときおり駿介が根本のほうをチラリと見るが、駿介に止められないものが、根本に止められるわけもない。根本は縋るような目で、駿介を見るばかりだ。

「何してるんだ、玄次!!」

と、そんなところに入ってきたのが、回診時間より幾分前に部屋を訪ねてきた上杉だった。

「薫…」

「何してるんですか、黒河先生も」

上杉は玄次と揉み合っていたのが他の誰でもなく、まだ入院中のはずの黒河だったことに、驚きが隠せないでいる。

「いや、こいつが脱走しようとしてたから、止めてただけだが」

「嘘つくなよ! テメェの担当なんてお断りだ。だから帰るって言っただけだろう」

興奮気味の玄次の言葉に、上杉は思わず顔を歪めた。

「誰が担当なんだよ。ずっと気になってたから、様子を見に来ただけだろ」

黒河に悪気はまったくないが、何分タイミングが悪すぎる。それこそパジャマ姿で様子を見にきたなら、こんなことにはなっていないだろうが、白衣を羽織ってきたから誤解を招くことになる。

「わざわざ来んなよ。だいたいそんなに気になるなら、仕事なんか辞めさせて、専業主婦にでもしとけばいいだろう。そしたら俺みたいなガキに、大事な恋人を口説かれなくてもすむからよ」

しかも、よくよく聞けば、何か他にも誤解が生まれている。

「は!? お前、上杉にアプローチしときながら、いつの間に朱音《あかね》にちょっかいなんかかけたんだよ。どの面下げて他人のもんにっ!!」

「何が他人のもんだ。誰だよ、朱音って。あ、お前も実は両刀なんだろう!! 薫がいながら、他の女にも手ぇ出してんだろうがよ!!」

「なんだと!?」

こうなると埒《らち》があかない。上杉は大きく息を吸い込むと、玄次と黒河の間に割って入った。

「だから、なんの話をしてるんだよ、二人とも!! いい加減にしろって、朝っぱらから!!」

「何!?」

怒鳴った上杉に玄次があからさまにムッとするが、上杉はそれを無視して、まずは黒河のほうに視線を向けた。

「だいたい黒河先生は、なんで白衣なんか着て、勝手に回診の真似事をしてるんですか!? まだ抜糸がすんだだけで、入院中ですよ」

「だって、暇だったから」

まさか自分のほうが怒られると思っていなかったのか、黒河は上杉に睨《にら》まれると、かなりふて腐れた返事をした。

「そんな理由で人の患者に手ぇ出さないでください。だから、ややこしいことになるんですよ。まったく、何もよりによって、今日みたいな日に」

「なんだよ、よりによってって…。あ、もしかして今日が例のXデーだったのか⁉」

「ちっ、違いますっ‼」

妙なところで勘が鋭い黒河にカッとなると、上杉は照れ隠しから余計に怒鳴る。

「っ…、わかったよ。そう怒るなって。なんだよ、いきなり…。貴重なデート時間を邪魔して悪かったな‼　後でなんか奢れよ、この場は大人しく撤退してやるからよ」

「っっっ」

それでも引くところは引いてくれるので、上杉もこれ以上は噛みつきようがない。

「来い、駿介。お前も邪魔だ」

「?????」

黒河はまったく現状が理解できていない駿介の腕を取ると、「ごちそうさま」と言わんばかりに部屋を出る。

「お、朱音。帰ってきたのか」

「うん。今朝ね。だからこっちに直行したんだけど…」

が、表に出たとたんに遭遇したのだろう。上杉は、廊下から聞こえてきた会話で、そこに黒河の恋人がいたことを知った。

「で、今の話は何？」

「は？」

「薫って、誰だって聞いてるんだよ‼　人が出張に行ってる間に、何やってるんだよ。今更女と浮気って、どういうことさ⁉」

「な、誰が浮気だ。勘違いするなって、お前まで」

誤解が曲解を生み、それが更にまたねじれ曲がって、何やらラブラブカップルにまで火の粉が飛んでいる。

「あーあ。本当に後で手土産持って謝りに行かなきゃな、黒河先生に。どうしてくれんだよ。お前のせいだぞ」

それでも上杉がこの程度ですませてしまうのは、今朝に限っては黒河の自業自得と割りきったから。自分には残った玄次との問題を解決しなければならない、そのほうが大事だと判断したからだ。

「なんで俺のせいなんだよ？」

「廊下で揉めてる声がするだろう。朱音さんっていうのは、黒河先生の奥さん。ただし女性じゃなくて男性だけど。二人がラブラブなのは、当院じゃ誰もが知ってることで、職員どころか出入りの業者まで知れ渡ってるほどの恋仲なんだよ」

「…？」

説明しても、いまいち理解に至らない玄次に、上杉は頭を抱える。

「まったく、それがどうしたら俺と黒河先生が…なんて勘違いになるんだか…。どんなに噂好きが揃ったここでも、そんな設定をされたことは一度もないぞ」

だが、傍にいた根本のほうは事情を察したらしく、上杉に向かって頭を下げると、そそくさと部屋の外に出ていった。ついでにこの先の展開まで予想してか、しっかり扉まで閉めていってくれる。よくできた舎弟だ。

「ほら、わかったら横になれ。誰もお前に退院の許可なんか出してない。外出、外泊の許可も出してないぞ」

完全に二人きりになると、上杉は玄次の傍まで行って、その腕を摑んだ。

「――――だとしても、だったら尚更構うな。変な期待だけさせるな。他の医者を寄こせよ」

「期待なんかさせねぇよ。担当医も代わるつもりはない」

振り払おうとした玄次の腕を更に強く摑んで、プイと背けられた顔に手を伸ばした。

「どんな殺生…っ!!」

憤慨ばかりを発する唇を、自らの唇で塞ぐ。

「っ…」

予期していなかった口付けに、玄次は澄んだ瞳を開いて、上杉の顔を見つめている。

『薫…』

しっとりとした唇は、不思議なぐらい、逆立った感情を鎮めるのが早かった。

「――――chu」

玄次が落ち着きを取り戻すと、上杉は音を立てて唇を離した。

「これしきのことで弱音を吐くな。世の中には、本当に生き地獄って呼べる場所やときが存在してるんだ。ちょっと思いどおりにならないことがあるからって、殺生だなんて甘えたことを言うな」

そうして視線で彼を捕らえたまま、上杉はその身体をベッドに誘導する。

「――……」

とりあえず腰かけさせると、自分も隣に腰をかけて、その手を握り締めた。

「本当は、考えるのはお前が退院してからにしようと思ってた。でも、考えようと思ったところで、答えは出てた。俺はお前が嫌いじゃない。むしろ、好きだ。興味もある」

上杉からの返事とも告白とも取れる言葉を、玄次は瞬きもせずに聞き入っていた。

「この顔も身体も確かに好みだし、キスもセックスアプローチも悪くなかった」

その表情がなんとも言えず愛おしくて、上杉は深い傷を負った頬にそっと手を伸ばす。

「年の差も、見方を変えれば、そう嫌なものじゃないってことも理解したし」

触れると更に愛おしさが込み上げて、我慢できなくなった。

上杉は羽織っていた白衣を自ら脱ぐと、それを自身の傍らに置いて、もう一度唇を奪いにいく。

「ただ、俺はやくざとは付き合ったことがないし、お前は俺みたいな男とは付き合ったことがない。だから、じゃあ付き合ってみましょうかっていったところで、三日持つかどうかはわからない。これぱっかりは、なんの保証もない。恋と命に絶対の保証はないっていうのが、俺の哲学だからな」

言葉のままに瞼を閉じて、感覚を一点に集中させる。

そろりと出した舌先を潜り込ませて、いっそう深いところで玄次とのキスを味わう。

「ん…」

いつしか互いの身体に、互いの両腕が絡み合い、その心地よさからここが病室であることさえ、忘れそうになった。

「それでもいいのか？」

「ああ」

恍惚と至福の中で、上杉の問いかけに玄次がうなずく。

「なら、ＯＫだ」

ようやく貰えた返事に気持ちが高揚してか、玄次が喜び勇んでそのまま押し倒そうとする。

「薫…っ!?」

が、上杉は、すかさず待ったをかけた。

「ただし!!　お前が退院するまでは、担当医と患者の一線は守らせてもらう。他の誰かに任せてもいいと思える存在じゃないから、俺はお前の担当医は下りない。よって、院内にいるときの俺には、甘ったれたことは言うな。俺にだって職場での面子ってものがあるんだ。でき立ての恋人に恥をかかすような言動は、くれぐれも慎めよ」

どんなに心や身体が熱くなっても、上杉の中には理性が残っている。たとえ自ら白衣を脱いでも、それは形ばかりのもので、心に纏った白衣まで脱ぎ捨てることはない。少なくとも怪我の具合がわかっている患者の前で、白衣を纏わぬ恋人になるのは、まだまだ先の話だ。

「わかったよ」

玄次は納得するしかなくて、勇んだ我が身を落ち着けるべく努力をした。

すでに触れ合い、唇を貪り合っただけで、パジャマに覆われた雄の肉体には火が点いている。

しかし、どんなに拷問だと思ったところで、無理じいをすれば、やっと貰えた了解まで水に流される。今だけは、押しきるわけにもいかない。そう判断したのだろう、玄次は焦れた身体を必死に諌めていた。膨らみ、硬くなった欲望をどうにかしようと、下肢をもぞもぞと動かす。

「じゃ、これはご褒美」

ただ、そんな己との葛藤が見て取れるのだろう。上杉はクスクスと笑うと、チュッと口付けながら、利き手を玄次の下腹部へ伸ばした。

怪我に触らぬように細心の注意を払いながらズボンの中に忍び込ませ、理性だけでは鎮めることのできない欲望を握って、ゆるゆると扱き始めた。

「――――っ」

合わせていた唇を離すと、躊躇うこともなくベッドから腰を落として、玄次の前に両膝をつく。

期待と羞恥でますます膨らみ、硬くなった欲望に顔を寄せて、周りを汚さないように気を配りながら口に含んだ。

「っ…っ」

瞬間、忘れそうになっていた快感が蘇った。

玄次は驚きが隠せないまま、今にも漏れそうな声をグッと堪えていた。

『熱い…。なんて、熱いんだ』

上杉は口に含んだ熱の固まりを愛しながら、今にも壊れそうな自我を抑えて、玄次だけを追い詰める。口いっぱいに頬張って玄次自身を愛しながら、自分がどうにかなってしまう前に、玄次だけを絶頂の果てへ追いやろうとした。

「んくっ…っんくっ」

静寂な一室の中に、しばらく淫靡な音だけが響いた。

「っく―――っ」

どうすることもできずに玄次が昇り詰めると、上杉は喉の奥に浴びせられた愛液を零さないよう、飲み込んだ。白い喉をゴクリと鳴らして飲み下すさまは夢にさえ見たことがない光景で、玄次はそれだけで二度目の快感を求めて、上杉の頭を引き寄せた。

「薫っ」

もう一度と、強請《ねだ》る。

「調子に乗るな」

だが、さすがにそれは断り、上杉も今朝はここまでと言いきった。濡れた口元を手の甲で拭って立ち上がり、ベッドに置いた白衣を着込むと姿勢を正した。

「仕事が終わったら、また顔出すよ」

行動は大胆だが、さすがに照れくさかったのか、上杉はそれだけを言うと、玄次に背を向けた。

「じゃ」

白衣を着込むとシルエットがほっそりしているのが、尚更目立つ。

玄次から見て、確かにそれは同性のものだが、逞しさよりも儚さが勝るものだった。雄々しさよりも華やかさが目につくもので、玄次の熱は上がることはあっても、下がることがない。

「…って!!　今朝の回診は!?　聴診器は!?」

もっと、もっと一緒にいたくて、取ってつけたような言葉で引き留める。

「それだけ元気なら、問診で十分。あとは大人しくして、寝て治せ。それが一番の良薬だ」

それが余程可笑しかったのか、上杉は振り向きざまに笑うと、軽く手を振り部屋を出た。

『年下か――――今どきの高校生だって、あんな反応しないだろうに。なんであいつは迫ってくるときは強引なのに、受け答えるときになると、ああなんだ？　セックスをしいるときはタラシな極道そのものなのに、いざメンタルとなると、まるで恋愛の素人だ』

どんなにごまかしても、ごまかしきれない。上杉は、自身の熱を冷ましにそのまま部屋を出ると、フロアに設置されたナースステーションに足を向けた。

『本気で誰かを好きになったことがないのか？　付き合ったことがないのか？　そんなふうに思わせる』

適当な理由で三十分ほど時間をもらうと、一度ロッカールームに向かって着替えを用意し、手早くシャワー浴びてから、その後の勤務に戻った。それですべてが流しきれるわけではなかったが、少しでも溜まった熱を放出し、自身を落ち着かせ、予定を変えてまで入れたシフトを淡々とこなした。

しかし、そうとは知らない玄次は、置き去りにされた一室で悶々としていた。

「…寝て治せって…。それが医者の言葉かよ。なんか今更だけど、すげぇのに惚れたのか、俺は？　確かにすげぇテクだったけど」

ベッドに横たわったところで、どうなるものでもない。

『だめだ。熱が出る。身体中が熱い。全身が火傷《やけど》してるみたいだ』

愚痴か文句しか言わなかった唇が、自分の思いに甘い答えを出した上に、唇を塞いできた。

『八つも年上の男なんて、普通に考えたら、おっさん手前だろうに…。なんであいつはあんなに妖艶なんだ？』

玄次とは対照的に冷ややかな手が、ほっそりとした指が最も熱い部分に触れて、躊躇いもなく愛してきたのだ。

『人を惑わす、不思議なほど甘い薫りを漂わせているんだ』

それらだけでもどうにかなってしまいそうだと思うのに、上杉の行動は更に大胆不敵で、玄次はこれまでも辛かったが、今のほうがもっと辛いと感じ始めていた。

こんなにも甘い蜜の味を知ったというのに、それをこれからは味わうことなく見ていることしかできない。眺めていることしか許されないなんて、ただ残酷だなと感じ始めて。

「若、よろしいですか？」

と、しばらく外で待機していた根本が声をかけてきた。

「ああ」

「よお、何真っ赤な顔して、溜息なんかついてるんだよ。愛しの君にOKを貰ってまで、恋煩《わずら》いなんて勘弁しろよ。退院が延びるだけだぞ」

返事をすると、扉が開く。が、先に姿を現したのは、根本ではなく武田だった。

「――兄貴!!　無事だったのか!?　怪我は？」

その姿を見るなり、玄次は一瞬で顔つきを変えて、ベッドの上で身を起こした。

まるで上杉が白衣を纏った瞬間のように、漲《みなぎ》る気迫さえ変わる。

「見てのとおり、ピンピンしてる。お前がまた脱走するといけないから、とりあえず顔を出しに来たんだ。おかげでいいものが見れたけどな」

しかし、いったいどの辺りからのぞいていたのか、武田に笑われると、玄次はバツの悪そうな顔をした。

「根本の奴。余計なことを」

武田の背後に隠れるようにして控えていた根本を、思わずキッと睨んでしまった。

「俺に連絡を寄こしたのは、お前の薫ちゃんのほうだよ」

と、睨まれた根本を庇いながら、武田はベッド際まで来ると、傍に置かれた応接セットのソファに腰かけた。

「え？」

「患者に心配だけさせるような連絡なら、入れるなって。襲撃されて怪我をしたなら、ここにベッドを並べてやるし。そうでないなら、多少の無理はしても自分で報告に来いって。でないと、お前が無茶するからってさ」

義足の付いた脚の膝を、癖のように撫でながらベッド上の玄次を見上げる。

「…薫が」

根本は二人の会話の邪魔にならないように気を配りつつ、キッチンで用意したお茶やお菓子を武田の前に並べていく。

「でもって、お前が無茶なことをして病院側に迷惑をかけるようなことになったら、今後不利なのはお前らだぞって。今更言わなくてもわかってるだろうが、本来やくざを歓迎する病院なんてない。どんなに患者が平等だと言っても、それを貫ける病院はそう多くない。ここはお前たちにとっても、受け入れ拒否をしない貴重な場所のはずなんだから、入院中に騒ぎを起こすような真似だけはさせるなって、お説教も食らったよ」

武田は、玄次から視線を外すと、出された湯飲みを手に取った。

「――――…っ」

「俺としたことが、返す言葉がなかった。確かに、金払いはいいかもしれないが、やっかいな患者だもんな、俺たちは。けど、それを承知で受け入れてるんだって言われたら、すいませんでしたって言うしかなかったよ」

苦笑交じりに湯飲みに口をつけ、一呼吸つく。

「なんか、お前が惚れた男はすげぇぞ。ただの跳ねっ返りじゃない。最初はあの口の利き方だからな。こいつ、怖いもん知らずにしろよって感じだったが、そうじゃなかった。あいつは生きていく上で、何が一番怖いのかを知っているだけなんだ。やくざや暴力なんてものの前に、恐れるものがある。それが普通の人間なら誰でも持ってるだろう感覚で、臭いものには蓋をしろ、見て見ないふりをしろっていう、残酷なまでの日和見《ひよりみ》な考えなんだってことをさ」

玄次は、上杉のことを一人の人間として、また男として判断したときの感想をしみじみと漏らす武田を見ていると、欲情に駆られて熱くなっていたものが、次第に収まり引いていった。

「ん…、だな」

しかし、相槌を打つ頃にはまた違う熱に冒《おか》されそうな予感がして、玄次はゆっくりと身体をベッドから下ろした。

「恋と命に絶対はない…か。三日以上続くといいな、薫ちゃんと」

「うん」

女を見る目は甘くても、男を見る目は厳しい兄。おそらく最初は、玄次が惚れた相手としてしか上杉を見ていなかっただろうが、今ではそうでないことが窺える。

同じ男として見た上で相手を認め、また受け入れ、だからこそ玄次が今後上手く付き合えるようにと、気にかけているのだが――――そこに玄次は反応した。

「でもお前、熱しやすくて冷めやすいところがあるからな～。これまでの女も長続きしなかったし、典型的な三日坊主だから」

なぜなら、これまで同じ女に惚れたことはないが、男になら惚れた。二人して惚れ込んだ漢なら無数にいたことから、玄次は兄の傍まで行って腰を落とすと、それが自分と同じ思いに発展しないよう、警戒して断言した。

「今度は平気だよ。三日坊主にはならねぇよ。熱くなることはあっても冷めることはない」

「どうしてそう言える？」

武田は湯飲みを片手に、ククッと笑った。

「あいつは、絶対に俺だけに溺れない。これまでの女たちみたいに、あなたのためなら死ねる。何もかも捨てられるなんて、一生言わない。きっとお世辞でも言わない」

玄次は兄であり、一人の男でもある武田を見据えると、いつも以上に真っ直ぐな視線を向ける。

「永遠に難攻不落のままなほうが、燃え続けられるってか？」

「それもあるかもしれねぇけど、俺は武田組の次男坊だから。根っからやくざで、死ぬまでやくざだから。たった一人の誰かのためには絶対に死ねねぇ。義理や人情のためには死ねても、愛だの恋のためには死ねねぇから、そのために、簡単に命を投げ出せる相手とは怖くて一緒にいられねぇよ。だったら俺と同じぐらい、命がけの何かを持ってる奴のがいい。いざってときには、俺よりその何かを選択できるだけの意志や強さを持ってる奴のがいい――」

これまでには見せたことがないほどの警戒を露にする。が、それをするうちに玄次は何か気付いたことがあったようで、ふいに視線を逸らすと、構えていた武田を丸無視した。

「あ、そっか…。だから俺、薫に惚れたんだ。昨日は薫に、なんでかわかんねぇけど惚れたんだって言っちまったけど、ようはあの強さに惹かれたんだな」

見て「欲しい」と思ったものに、理由などいらない。そんなものを探す前に、手に入れるのが、これまでの玄次のやり方だ。

けれど、これまで気にも留めたことがなかった感情に気づけたことが余程嬉しかったのか、玄次は武田への警戒も忘れて、突然惚気《のろけ》に走った。

「最初は美人だな～、勝ち気だな～、生意気だな～。これ堕としてみてぇなって思っただけだけど、それで堕としてたら確かに三日坊主だったかもな。うん。俺がはまったのは、むしろ白衣を着てるときの薫なんだ。それも見せかけだけの白衣じゃねえ。命の重さを理解して、それを常に必死に守ろうとしている上杉先生のほうで。だからこそ、白い手を血で真っ赤に染めながら俺を診てくれた横顔が綺麗に思えて――地獄で仏に会ったような錯覚を覚えた。クラブで再会したときより、ここで目覚めて再々会したときのほうが、なんか…胸が熱くなったんだろうな。死んだ親父に申し訳ないくらい」

まるで初恋で射止めた恋人自慢でもするように、柔らかな笑みさえ浮かべた。

「ほー。死んだ親父にね。そら本物だな」

さすがにこれには武田も苦笑を漏らした。

『若ってば…。組長がなんであんなことを口にしたのか、完全にはき違えてるな。組長は単に、これまでとは質が違うぞ。男だっていう以前に、人間として完成してる相手なんだから、色気にばっかり走ってると、すぐに飽きられるぞって。やんわり警告してくれてるのに――』

根本に至っては、溜息交じりに肩を落としている。

しかし、そんな二人の気も知らず、玄次は手に入れたばかりの恋にご満悦だった。

男前な性格に麗《うるわ》しい肢体を持った極上な白衣の大天使、若干鬼畜なところがスパイシーな恋人を捕まえ、一人で一足早い春を迎えていた。

「ん。医者に親父を見殺しにされた俺が、こんな結末かよって思うけど…。それでも薫に出会ったから、ああ…、医者らしい医者もいるんだなって。世の中には、白衣を纏った死神ばっかりじゃないんだなって、思えたからさ」

それでも話が微妙に逸れると、目つきが変わる。

「白衣を纏った死神か――――」

それは武田も同じで、根本もまた同様だった。

「ん…。絶対に許せねぇ。親父を殺した、死神だけは。必ず見つけ出して、落とし前をつけてやる」

忘れたくても忘れられない記憶。共通して持っている憎しみ、恨みが、一瞬で小春日和の朝日が差し込む温かな一室さえ、ひんやりとしたものにしてしまう。

「――――ま、なんにしても、早く完治するんだな。そうでないと、気がついたらお前が女役にされてるかもしれないぞ」

が、そんな空気が続くことをよしとしなかったのか、武田が話題をもとに戻した。

「え⁉」

「相手だって同じ雄だからな。いつタチに転じるかわからねぇだろう。どんなに体格的にはお前のほうが勝ってても、経験値で気がついたら…なんてことにも、なりかねないからな」

戻したというよりは、さんざん惚気てくれた弟にささやかな仕返しだったのかもしれないが、残りのお茶を飲みながら、顔色を変えた玄次を見ると、意地悪そうに微笑んだ。

「冗談っ‼」

極道にしておくのは惜しいぐらい素直で単純な玄次の顔を引き攣らせると、その後の彼の困惑への責任も取らずに、この件に関しては知らん顔を決め込んだ。

それからというもの、上杉が部屋をのぞくたびに、玄次はベッドの上で両手にバーベルを持っていた。

「何してるんだよ、お前」

「筋トレ」

「は？」

「せめて腕力と腹筋だけはキープしとこうと思って。いきなりねじ伏せられたら、たまらないからな」

「ふーん。やくざも大変な商売だな」

多勢に無勢とはいえ、よっぽどチンピラにやられたのが悔しかったのか？

そんな理由しか思い当たらなかった上杉は、ただただ首を傾げながら、「でも、無理はするなよ」としか声をかけられなかった。

『なんだ、あの余裕の笑いは？　まさか、まさか…!?』

よもや自分に押し倒されることを懸念してのトレーニングだとは思いも寄らず、やれやれという笑顔を向けるたびに、玄次を内心でビビらせていた。

そうして秋から冬へと季節が変わる頃――――。

「これなら、もう心配ないな。予定どおり、明日退院ってことで」

玄次はこれまでにはなかった一ヶ月という拘束からの解放を、上杉によって言い渡された。

「よし!!」

禁酒禁煙の上にリハビリと自主トレ、これ以上ないほど健康的な食生活を送ったためか、玄次は入院する前より生き生きとしていた。

「薫」

その分、あり余って仕方のない欲情をすぐにでもぶつけたいという思いに駆られたが、それは手厳しくはねのけられた。

「こっちはまだ勤務中だよ」

「………」

入院中、一方的に世話になってしまった分、すぐにでもまとめて返して、自分の立ち位置を確認したい玄次だったが、それは許してもらえず。上杉には頑として白衣を翻されると、院内にいるうちはお預け。間違ってもここでは襲いかかってくるなと釘を刺されて、最後の夜を迎えることになった。

「とりあえず、明日は有給を取ってるから」

「え!?」

「一日お前に付き合うから、最後までちゃんと大人しくしてろ」

「――――了解」

極上な退院祝いを用意され、これはこれで眠れぬ一夜を過ごすことになった。

6

こんなに朝が待ち遠しいと感じたのは、幼い頃のクリスマス以来だろうか。玄次の家に訪れるサンタクロースは、布団の中からのぞき見ると、やけに強面《こわもて》だった記憶がある。

だが、それでも山のようなプレゼントを枕元に置いていってくれる、とても気前のいいサンタだった。朝になって数えてみると、必ず兄や父や同じ家に住む舎弟たちと同じ数だけ、プレゼントを置いていってくれる。玄次にとっては本物のサンタよりも愛しくて、思い出深い存在だ。

「若、上着を」

「おう」

しかし、そんな穏やかで甘い記憶も、今日という日が終わったときの甘さには敵わないものになっているかもしれないと、玄次は思った。

玄次は朝になると根本に退院手続きをさせて、その間に部屋についているシャワーを浴びた。手続きが完了する頃には、用意されていた真新しいスーツに着替えて、あとは部屋を出るだけだ。

「お似合いですよ、若」

「やっぱ気が引き締まるな、このほうが」

リハビリ以外に行なった自主トレが功《こう》を奏《そう》したのか、ピシリと着込んだスーツ姿からは、入院生活による衰えはまったく感じない。むしろ、院内着姿を見慣れた院内の者たちにとっては、いっそうときめきを強くさせられるばかりの晴れ姿だ。

「へー。院内着姿でウロウロしてたときに比べたら、数段男前だな。ガタイもよく見えるし、いい男じゃねぇか。やくざにしとくには惜しいな。頬の傷を差し引いても、十分食っていけそうな面にルックスだ。な、上杉」

一足先に退院し、白衣姿に戻っていた黒河でさえ、その様子を窺うと感心の声を漏らした。

「黒河先生」

「ま、誰かさんのおかげで人生最大の我慢をしいられた一ヶ月だったんだろうから、今夜は盛りのついた獣以上だろうが…ま、せいぜい腰砕けになって、立てないなんてオチにならないようにベッドの上でも上手く手綱を取るんだぞ。姉さん女房として」

「くっ…、黒河先生っっ!!」

すでにタイムカードを押し、私服に着替えて待っていた上杉は、ここぞとばかりにからかわれて頬を染める。

「ははははは。ってことで、今日はこれで俺も上がりだから、また明日な」

「あ、お疲れ様でした」

「俺も帰ってイチャイチャしよーっと」

それでも浮気疑惑はすっかり晴れたのか、黒河もその場から去ると、今日は真っ直ぐにロッカールームに向かったようだった。

「やれやれ、黒河先生ってば」

真っ白な白衣を羽織った後ろ姿は、永遠に追ってしまうだろう、憧れの医師の背中だ。

『これで、大事を取って、実は明後日も休みにしてるってバレたら、何を言われるかわからないな』

しかし、視線を戻した先にある漆黒の背中は、永遠に欲情を掻き立てるかもしれない恋人の背中だ。

『でも、我慢したのは玄次だけじゃない。本当は俺だって』

燦々《さんさん》と差し込む冬の朝日の中でさえ、艶やかな色香を放って、上杉を誘う。

『白衣を脱いで、その肌に触れたときから、ずっと…』

凜々しくて、瑞々しくて、見ているだけで目眩がする。喉が渇く。身体が火照る。

「お待たせ。さ、行くか」

玄次は準備が整うと、振り向きざまに笑みを浮かべて、上杉の心臓を鷲摑みにした。

『朝日が眩しい』

思わず目を細めたのは、窓から差し込む日差しのせい。決してこの胸の高鳴りのせいではない。

そんな言い訳を自分にしながら、上杉は「ああ」と返事をした。

玄次に肩を叩かれると、そのまま根本を始めとする数人の舎弟たちと病棟を出て、少しばかり物々しい出で立ちでエントランスまで移動した。

『やくざの組の若、いや…若頭か…』

玄次と上杉が並んで歩く前後左右には、いざというときには身を盾にすることを厭《いと》わないのだろう漢たちが、当たり前のように歩いていた。

『黒河先生の言葉じゃないけど、院内着姿のときと違って、がらりと印象が変わるな』

エントランス前には黒塗りのベンツが置かれ、上杉は玄次と共にその車の後部席へ案内されると、院内の敷地を後にする。

『頬に傷がある横顔が、なんだか厳つく見える』

そうして車が走り出すと、上杉はなんの気なしに口にした。

「てっきり兄さんが、舎弟を引き連れて迎えに来るのかと思ってたのに。案外こざっぱりとした迎えだな」

そういえば、一日付き合うとは言ったが、どこに付き合わされるのかは聞いていない。

待ちに待った退院日のデートに、まさかこの車で舎弟付きとは思わないが、そうでないならどこに連れていかれるのかという想像がつかない。組長直々に迎えに来たというなら、そのまま自宅か事務所にでも連れていかれるのかと考えるが、車二台に限られた数の舎弟、これでは何にしても半端過ぎて、上杉にはさっぱりわからなかったのだ。

「兄貴は、兄貴の前に組長だからな。さすがに他の連中のことも考えたんだろう。まさか迎えに行きました、そのまま見送りましたってわけにはいかないだろうしさ」

やっと自由に動くようになった脚を組むと、玄次は頬杖をつきながら笑った。

「――――そのまま見送りました？」

ますます行き先がわからなくなった上杉が柳眉を顰めると、空いたほうの手で上杉の手をギュッと握った。

「そ。ここに」

そして、握り締めた手を使ってフロントガラスを指すと、玄次は車がすでに目的地に着いていることを教えてきた。

「ここに――――って、ホテル!?」

車はきらびやかなエントランスに向かい、まるで吸い込まれるように走り着く。

「ああ。どれだけ、俺がこの瞬間を待ってたと思ってるんだ。そんなの兄貴だって言わなくてもわかってるよ。なんせ俺の兄貴だからな」

そこは病院があった広尾からほど近い、六本木《ろっぽんぎ》のシティホテルだった。目と鼻の先には六本木ヒルズが存在し、立地条件やエントランスの装飾だけを見ても、間違いなく最高級のホテルだ。

「だからって、病院からホテルに直行するか、普通!? なんだよ、この準備のよさは」

車が到着すると、エントランス前に立っているドアマンが、重厚なベンツのドアを開ける。

「根本に言って、用意させてたんだ。決まってるだろう」

舎弟たちもすかさず車から降りて、中から出てくる玄次や上杉をガードするが、それもチェックインずみの部屋の前までだった。部屋の中にまではガードはいらない。その必要のない部屋をキープしていることから、根本を始めとする舎弟たちは、玄次たちが部屋に入ったのを見届けると、その場からは何も言わずに立ち去った。おそらく、それでも電話一本、悲鳴一つですぐに駆けつけるのだろうという確信だけを上杉にも感じさせて、広々としたスイートルームに、二人だけを残していった。

「舎弟っていうのは、そんな手配までしなきゃいけないのか？　気の毒に」

部屋の広さは、ざっと見渡しても何平米程度なのか、上杉の頭にも浮かばなかった。

中に進むと、そこには玄関フロアからリビングに続く、綺羅で広々とした空間があった。

「薫にまったく相手にしてもらえなくて、いじけてた俺を見るよりは、数千倍も楽しかったたって言ってたぞ。家じゃ、見上が赤飯炊くかまで言い出したらしいしな」

肩を抱かれて奥に向かうと、ダイニングにキッチンに書斎コーナーまである。

「赤飯？」

「ただし、俺が薫を射止めた祝いでも、退院祝いでもないぞ。俺が薫の言いつけを守って、一ヶ月の禁欲に成功した祝いにだ。なんでも、そんなの絶対に十日持たない。怪我を悪化させても、俺が院内で盛るって言って、兄貴を始め、組のみんなで賭けてたらしい。で、一ヶ月持つってほうに賭けたのが唯一見上だけだったみたいで、万馬券並みの配当が入るから、その祝いに赤飯だそうだ」

更に奥へ進むと、バスルームやサウナ室が存在していて、客間らしい部屋まであった。

「ふっ。なんて奴らだ」

どうせ欲望をぶつけ合うだけなら、この客間だけでも十分だ。何も更に奥の部屋まで行く必要はないだろうと思うが、玄次は慣れた手つきで上杉を奥の間まで導いていく。

「本当だよな。人の気も知らないで」

一際豪華な装飾に彩られた中扉を開くと、キングサイズのベッドが部屋の中央に置かれ、窓際にはジャグジーバスがセットされたバスルームまで完備された寝室に、上杉を引き込んだ。

「だからって、あからさますぎるだろう」

その広さと絢爛《けんらん》さに、上杉は感心したように辺りを見回してしまう。

「車の中で犯さなかっただけ、そうとうマシだと思え。薫の立場を考えたから、手を握るだけにとどめたんだからな」

と、中扉を閉めた玄次が、背後からそっと抱き締めてきた。

「玄次」

「さーて、何からしようか」

悪戯っぽい口調でそう言い、肩越しにのぞき込んでは、外耳にキスをしてきた。

「…っん」

頬に、顎に、ｃｈｕ、ｃｈｕと唇を滑らせてくる。

「入院中は一方的に抜いてもらって、世話になったからな。今日はたっぷりお返ししねぇと」

上杉の身体をすっぽりと閉じ込めた両手は、敏感に反応する肉体をまさぐり、羽織っていた上着に手をかけると、ゆっくり落としていく。

「っ…」

コートを剥がされ、ジャケットを剥がされて、上杉は薄手のシャツの上から胸元を撫でられた。

勃ち上がった小さな実を弄《いじ》られると、これまでにはないほど身を震わせる。

「ん？　朝、シャワーなんか浴びたんだ。なんだよ、用意がいいのは一緒じゃないか」

上杉の反応が気に入ったのか、玄次の両手はしばらく胸元にとどまり、まさぐった。

「夜勤明けだったから…、顔を洗うついでにすませたまでだよ。お前と一緒にするな」

「ふーん。ついでね」

すっきりとした襟足や首筋に押し当てた鼻を鳴らして、上杉の全身を捩らせた。

「くすぐったいって」

「いい声。全身、舐め回してやりたくなる」

そうするうちに、これでは物足りなくなってか、玄次は胸元に遊ばせていた両手で、上杉のシャツのボタンを外し始めた。

「馬鹿言え…、っんん」

少しずつ現われる肌に口付けながら、まずはシャツを脱がせにかかる。

「っ…？」

しかし、難なくシャツを脱がせてしまうと、玄次は上杉の右腕に、ひどい火傷のような痕を見つけた。白い肌に浮かび上がったそれは、玄次の頬の傷より余程目立つものだ。だが、傷だけを見ても、何が原因なのか、まったくわからない。ある程度の怪我や、その痕なら見慣れているはずの玄次だったが、こればかりは想像がつかなくて、少しばかり悩んでしまった。

「――あ、言い忘れてたな。これはパレスチナにいたときに、自爆テロに巻き込まれた子供を助けようとして、巻き添えを食ったんだ」

すると、うっかりしていたという口調で、上杉は怪我の原因を口にした。

「パレスチナ!?」

テレビでしか見聞きした覚えのない国の名に、玄次は困惑を覚える。

「ちょっと前まで、ボランティアチームに参加して、向こうの野戦病院に勤めてたんだよ。他にも、紛争の絶えない国や街をいくつか回った。雨風を凌げればいいほうだっていうテントやボロ小屋に寝泊まりして、毎日毎日運び込まれる怪我人の治療に当たってたんだ」

淡々と語る上杉の口調や声色は、特別重いものではなかった。

「お前も機会があったら、一度行ってみるといい。やくざ同士の抗争なんて、可愛く見える。馬鹿な理由で喧嘩したり、命を落としたりできることが、どれだけ幸せなのか実感できるから」

だが、さらりと言われたことが、逆に玄次の胸には重く響いた。

「俺も、今日生きてること、自分で納得した人生を送れてることだけで、どれだけ幸せなのかを知ったクチだからさ」

玄次の腕にも余る細身の身体には、どれほど過酷な体験が詰まっているのだろうか？

知れば知るほど考えさせられる。

こんなに近くにいるのに、玄次は上杉が遠い存在のように思えてくる。

「薫…」

「ごめん。興ざめだな。こんな話」

上杉は、戸惑いを隠せない玄次を見てハッとした。その顔にはほんの少し、後悔の色が浮かぶ。

「いや、かえって武者震いがした。薫から感じる強さの根源がなんなのか見えた気がして、心も身体も、血肉の全部が震えたよ」

しかし、玄次は上杉に笑ってみせると、いっそう強く抱きすくめた。

「――薫。も、我慢利かねぇや」

肌をまさぐり、肩に唇を押し当て、熱い吐息を漏らした。

「これだからガキはって言われたくなくて我慢したけど、やっぱ無理だ」

両脚を掬《すく》い上げると横抱きにして、ベッドに運ぶ。

「順序立ててなんて、やってらんねぇや」

広々としたそこに上杉を横たえると、玄次は自らの衣類を脱ぎ捨て、覆い被さった。

「欲しくて、欲しくて、たまらねぇ」

見た目よりも肉厚で硬質な身体は、すでに熱を帯びていた。

「一緒にイきたくて、どうしようもねぇ」

上杉に残された衣類を、まどろっこしそうに手をかける。いっそ力尽くで剝がしてしまおうかと言いたげな手つきのために、ベルト一つ外すのにガチャガチャと音が鳴る。

「気にするなって、そんなこと」

上杉は、そんな玄次を助けるように、ズボンと下着に手がかかると、自ら軽く腰を浮かせた。

「一ヶ月もかけて前戯をしてきたんだ。我慢できないのは俺も同じだ。すぐに欲しいのは一緒だよ」

全身で彼を感じたいのは、自分も同じだ。それを言葉だけではなく身体でも示して、すべてを脱がされると、両手を頑丈な首に巻きつけた。

「薫っ」

「んんっ」

唇や口内を貪りながら、高ぶるばかりの熱の固まりをぶつけ合う。

玄次が未知の肉体を探ってくると、上杉も身体を開いて懸命に応じた。

「ここ、濡らしていいか？」

「ん？」

答える間もなく、玄次は身体をずらすと、上杉の下腹部に顔を埋めた。

「──────ぁっ」

一瞬閉じようとした両脚の腿を押し開く。と、すでに膨らみ始めたペニスをしゃぶり、それをたどって陰嚢に口付け、その奥で息づく花弁に舌を這わせて、玄次は蜜でも吸い出すように唇や舌を使い始めた。

「んんっ、ゃっ、そんなこと…しなくていい」

気が遠くなりそうな快感と羞恥に駆られて、上杉が身体を捩る。それを無視して玄次はそのまま花弁の中に舌先を突き入れ、反応するペニスを摑んで、同時に扱き上げていく。

「ゃっ、玄次っ…」

「イけよ、薫。少しでも感じるなら、イってみせろよ。さんざん俺のもの飲んだんだから、俺にも飲ませろって」

「んんっ」

稲妻が全身を打ったような快感に、上杉は身体を反らした。

「そうでないと、気持ちいいのかどうだか、わかんねぇだろう。ほら、素人にもはっきりわかるように、力いっぱい乱れて、昇り詰める姿をはっきりと見せろよ」

あられもない姿をしいられ、陰部を手玉に取られ、なのにそれがいいと感じるから、始末に悪い。

上杉は久しく覚えた愉悦に、いっそう乱れそうになって、自身に歯止めをかけた。

「だったら、もういいから、入れろよ」

掠れた声で玄次を誘う。

「きつくないのか？」

「そんなの、どうでもいい――欲しい。お前が欲しい」

これ以上おかしくなる前に、抱いてくれと両手を伸ばして懇願する。

「ずっと、我慢してたって言っただろう。だから、早く…っ。も、早く来いって」

玄次は顔を上げると、再び身をずらして、濡れ光る花弁にペニスの先をあてがった。

先端で入り口を擦っただけで、上杉の身体はその先の快感を予期して腰がうねる。

「なら、入れるぞ。どうなっても知らねぇからな…っ」

あまりの艶めかしさに、玄次は誘発されるままペニスを花弁の口に押し込んでいった。

突き入る瞬間の心地よさに、口角がわずかに上がる。

「深い」

遠慮がちだったことも忘れて、一気に根本まで突き立てる。

「あっ」

深々と差し込まれた熱の固まりに、身を裂かれるような圧迫感と同時に内壁を擦られる快感が入り交じり、上杉は喘ぎ声を漏らしながら玄次の身体を抱き寄せた。

「――動くぞ。も、止まらねぇからな」

ズシンと重々しい圧迫が腹部に響く。押されたと思えば引かれ、引かれたかと思う間もなく押されて、上杉はその衝撃から玄次の背に爪を立てた。

「ん…っぁ、っ…熱いっ」

苦しいのにもっと欲しくて、更なる激しさを求めて、白い脚が玄次の腰に絡みついていった。

「中も、お前も…、全部熱いっ」

「薫…っ」

どれほど攻めても、攻め足りない。玄次は野生の獣に還ったように、上杉の熟れた肉体をかき乱していく。

「玄次っ。来い…っ、お前の、好きなだけ…っ、来い」

それでも貪欲なまでに絡みついてくる生きものに、玄次は底なしの快感へと引き込まれて、我を忘れて快感を貪り続けた。

「薫っ」

きつく抱き合うごとに深みにはまり、いつしか肉体が一つになったような錯覚に溺れながら、快感の絶頂へと昇り詰めていった。

「ぁっ――――んんっ」

身体の奥に飛沫を撒かれて、上杉も身体を大きく仰け反らす。

一度達したぐらいでは形を変えない熱の固まりに、震える内壁が尚絡む。

「玄次っ…、んんっ」

身体の中心から熱くなって、上杉も玄次の腹部に白濁を飛ばした。

「はぁっ…っ。んっ」

自身で感じた千切られるような絶頂の証の他に、目に見える証を感じて、玄次は幾分安堵したのか、呼吸を乱す上杉に口付けた。

「んんっ」

渇いた喉を潤すように、互いの唾液が行き来する。絡み合う舌と舌に誘発されて、玄次は上杉の身体を抱き直すと、そのままの姿勢で上体を起こした。

「――――んんっ」

力尽くで対面座位の姿勢を取られて、玄次の熱棒が身体の奥まで突き刺さる。

「あぁっ…っ」

しかし、そんな姿勢で縋るように抱きつくと、上杉はベッドの足元側に置かれていた化粧台の鏡に映った玄次の背を見て、全身をビクリと震わせた。

「――――…玄武？」

映っていたのは、渦巻く炎と桜吹雪の中に立つ神獣・玄武。

診察時に、あることはわかっていたが、その勇ましくも荒々しい姿を改めて目にすると、上杉は急に身体が萎縮したように感じた。彼の背中に回っていた手を、いったん肩まで引いて、鏡越しに映った獣神をじっくりと見つめて、ゴクリと喉を鳴らした。

「怖いか？　本当にやくざを相手に一戦交えてるんだなって気がしてきたか？」

玄次は上杉を抱きながら、まるで怯えないでくれと言うように、髪を撫でつけた。

「いや。ワンポイントのタトゥーと違って迫力があるとは思うが、怖いとは感じない。まるで生きてるみたいだとは思うけど、だからお前が怖いとは感じないよ」

上杉は、怯えているのはそっちだろうと言わんばかりに、玄次の頭を抱え込むと、額やこめかみに唇を這わせた。

「どっちかっていったら、Vシネマ？　映画に出てくる役者と絡んでる気がするかな。俺が相手じゃ、趣味の偏ったAVみたいだけどさ」

そうして耳元でクスリと笑う。

「そういう感想は想定してなかったな。んと、薫って肝が据わってるよ。医者って、みんなそうなのか？　やっぱり常に人の生き死にかかわってる分、多少のことじゃビビらないってことか？」

玄次は心からホッとして、髪を撫でた手で肩を撫で、肩を撫でた手で背中を撫で、そうして背中を撫でた後には細い腰を撫でつけた。自身を根本まで呑み込む上杉に、過度な負担がかからないように、なだらかな愛撫を施しながら、その姿勢を保ち続けた。

「いや、そんなことはないよ。俺にだって怖いものはいくらでもある。怪我人や血を見て怖いとは思わなくなったが、直接暴力を振るわれれば身体がすくむ。やくざもマフィアも怖いとは思わないが、狂気に捕らわれた獣と化した人間は怖いと思う」

玄次の労《いたわ》りが伝わってか、上杉は広い肩を抱きながら、甘えるように頬を寄せた。

「セックスにしたって、快感の絶頂に向かうまではいいけど、昇り詰めた後に堕ちていくのはすごく怖い。堕ちた先に何があるのかと想像したら、そのまま眠りに就くこともできない。そうやって挙げていったら、きりがない。俺はお前が思うより臆病だよ」

よもや自分がこんな弱音を漏らす日が来るとは思わなかったが、なぜかそれが嫌じゃない。不思議と気持ちが落ち着いて、上杉は鏡に映る玄武の刺青を見ながら、ひどく柔らかな微笑を浮かべた。

「ただ、それなりに怖がりな自分っていうのをわかってるから、普段はあえて考えない。そんなことを考える暇があったら、目の前にいる患者のことで頭をいっぱいにする。そのほうが有意義だ。限りある時間を無駄にしなくていいから、そうやって自分をごまかしてるかな…」

「そっか…」

それだけを言って、受け入れる。そんな玄次に視線を戻すと、上杉は穏やかな笑みを浮かべる恋人の頬に、頬を寄せた。いつかこの傷の理由を聞くことがあるのだろうか、そんなことを思いながら、込み上げる愛おしさから頬に頬をすり寄せた。

「で、今は怖いのか？　さっきイったけど」

玄次が照れくさそうに言う。

「いや。まだまだ昇ってる途中だから、怖くはない。堕ちていくのはこれからだ」

「なら、今日からは安心して堕ちろ。その先を怖がる必要はない」

その言葉と共に抱擁は強くなり、上杉は再びベッドに寝かされた。

「？」

いったん自身を引き抜き、抱き直す。

「薫が堕ちた先には、俺がいる。背中のこいつも共にいる。必ず一緒にいるから安心していい。こうなったら、奈落の底まで乱堕しようぜ」

玄次は上杉の頬を撫でつけながら、澄んだ瞳で告げてきた。

「俺は、一生やくざだけど、薫のことは守るから。組や兄貴や舎弟たちと一緒くただけど、絶対に薫のことも守るから。だからさ」

「ふっ。変な安心だな。全部一緒くたなんて、気の多い男だ」

あまりのくすぐったさから、思わず上杉は笑ってしまった。

「それでも薫には負けると思うけど」

「――――俺に？」

「ああ。きっと薫も俺のことを守ってくれると思うよ。でも、俺だけを守ってはくれないだろう？薫には、守ろう、救おうと思う人間が毎日現われる。きっと途切れることなく、毎日毎日現われるだろうからさ」

「そうだな。そう言ってもらえると気が楽だな」

正直で実直で激情的で、なのに懸命に相手を理解し、認めようとする姿が紳士的で。上杉は、知れば知るほど玄次という男が、自分のイメージしていたやくざとは、別の生きものに思えてきた。むしろ〝極道〟という道を迷いなく歩いてきた、だからこその潔さ、だからこそのひたむきさ、だからこその愛情深さのようにも思えてきて。

「確かに、お前が一生やくざであるように、俺は医者だ。一生、医者をやってるだろうからな」

「だろう」

「ああ。でも、お前がそれを承知してくれるなら、今のうちに一つだけ…。一つだけ、納得して約束してほしいことがある」

とはいえ、だからだろうか——上杉が、こんなことまで口走ってしまったのは。

「納得して約束？」

「俺は、医者だ。医者っていう仕事に就いてから、確かに多くの患者と接してきた。この手で数えきれないほどの怪我人や病人を診てきた。ときには死の淵からも救ってきた。けど、それができなかった人間も多くいる。どんなに最善を尽くしても、どうすることもできなかった。自分の無力さだけを思い知らされることになった、そういう命もたくさんある」

こんな話まで口にして、玄次に理解を求めてしまったのは——。

「残された遺族は、力のない俺を恨んでいるかもしれない。行き場のない憤りを抱えて、いつか故人の恨みを晴らしたいと思っているかもしれない。でも、俺はそれをわかっていて、この仕事を続けてきた。ときには人に恨まれ、憎まれることを承知して続けてきた」

上杉は、医師になってから初めて、同業者でもない人間に痛みを晒した。

「だから、もしもこの先、そんな恨みつらみをぶつけてくる人間が現われたとしても、それは仕方のないことだと納得しておいてほしい。決して、逆恨みだとかそういうふうには思わずに、それを受け止めることも俺の仕事なんだと理解してほしい」

常に背負っている呵責の念を晒した。

「そうでなければ、救えなかった命に対して、俺自身も救われない。ときには誰かが責めてくれなければ、自分で未熟な自分を責める罪悪感で潰れてしまうから」

いつかこんな話をするなら、それはきっと黒河だろう。もしくは、あの日の事故を知る者同士だろうと考えていたのに、それがよもやこんなところでと思うと、上杉は今の自分が不思議でならなかった。

「その代わりに、俺もお前がやくざを続ける限り、どこかで誰かに恨まれている可能性があるって覚悟だけはしておく。ときにはお前の自業自得で、一般市民から逆恨みを受けることもあるんだろうなってことだけは、理解しておく」

こんな話を切り出させる玄次という男も、不思議でならなかった。

「まあ、そうは言っても、行きずりのサラリーマンのために大怪我してるようなお前のほうが、俺より人から慕われてそうだけど…。でも、今言ったことだけは、覚えていてほしい。そして納得してほしい。少なくとも三日以上付き合う気があるならな」

口にした後でふと気づく。こんなことを言っているが、すでに玄次に心を許してから、三週間は経っている。上杉から口付けてから、三週間は仕事時間外に訪ねて毎日会って、他愛もない会話を交わして肌に触れ、十分恋人らしいこともしてきている。

「――――わかった。納得した。約束するよ。三日以上、一緒にいたいからな」

その事実に気づいているのか、いないのか、玄次は話を合わせてキスをしてきた。

そして少し間があいてしまったためか、二人で下敷きにしていたベッドカバーの端を摑むと、それをたぐり寄せて、身体を覆った。

「それにしたって、世の中には薫みたいな医者もいるのに、どうして親父はハズレクジを引いたかな？」

どうやら上杉が心の奥まで晒したことで、玄次も何かを晒したくなったのだろう。肉体の快感よりも精神の結びつきを求めて、カバーにくるまりながらも、家族のことを話し始めた。

「親父さん？　亡くなったって言ってた？」

「ん。俺の育ての親。兄貴の実の親父で、先代組長。本当ならもっと生きられただろうに、死神みたいな医者に出会ったせいで、死んじまった。まだまだこれからが男盛りっていう、粋でいなせな伊達男だったのに。俺も兄貴も組員も、みんな、大好きで惚れまくってた漢だったのに、まともに診てももらえないまま、逝っちまった。診てさえもらえれば、助かったかもしれないのにさ」

「――――!?」

しかしそれは、上杉にとっては耳の痛い話だった。

以前耳にしたときよりも、もっと胸が潰れるような思いに駆られるものだった。

「あ、俺の本当の両親って、ガキの頃に死んでるんだ。父親は先代組長とは杯《さかずき》を交わした親友同士でさ。どっちが組を継いでもおかしくない立場にいた漢で、まあ…組長にならなくても、確実にその片腕にはなってただろう立場にいたんだ。今の俺みたいに」

誤診か何かだったのだろうか？

それとも、受け入れ拒否？

上杉は話を聞きながら、いくつかの仮説を思い浮かべる。

「けど、その親父が母親共々事故死して。身寄りを亡くした俺は、先代に引き取られて養子になった。先代も兄貴も俺を本当の息子、本当の弟として育ててくれてさ。そして組のみんなも親父の忘れ形見として、また先代の次男坊として、俺を将来の武田の幹部として育ててくれて、今に至ったんだ」

だが、玄次が上杉に伝えたかったのは、実の両親や養父の死。そのとき抱いた医師への憎しみではなく、どうやら今に至った経緯のようだった。

「だから、あのとき薫が違和感を感じたのは、当たってるんだよ。俺と兄貴は似てなくて当然だから。けど、兄貴が言ったように、俺たち義兄弟じゃない。戸籍うんぬんを抜きにしても、血の繋がりより濃い絆で結ばれた兄弟なんだ。なんかややこしいけど、俺にとっては武田組が家族で、兄弟で、一生かけても守り抜きたい存在なんだ」

上杉が医師として生きるなら、自分は極道として生きる。そんな決意に至るまでの経過のようだった。

「だから、その覚悟と使命を背負うつもりで、玄武を背負った」

「そうか。そういう経験があるんじゃ尚更憎いだろうな。同じ医師として、申し訳ない限りだよ」

ただ、それがわかっていても、上杉に芽生えた罪悪感は、すぐには消えなかった。

「同じじゃねぇよ。薫と親父を見殺しにした医者は同じじゃねぇ。薫みたいな医者に駄目だって言われたんなら、無理だ、助からないって言われたんなら、俺たちだって恨んだり、憎んだりしねぇよ」

玄次の大切な人がと思うと、その痛みは尚のことだった。

「せめて、どうしようもない。どうにもできなかったんだという釈明があれば、俺たちだって泣く泣く受け入れるし、納得もしたよ」

どんなに頑張っている医療関係者がいても、誤診も受け入れ拒否もなくならない。医療ミスもなくならない。この現実ばかりは、どうすることもできない。だから、こんな問題に突き当たるたびに、上杉は自分の無力さを痛感する。どうしたらいいのだろうと、自分なりに思い悩む。

「でも、世の中には、そんな簡単なことができない医者もいるんだよ。この状況じゃ死んでもしょうがない。当然だって、そういう対応をする医者もいるんだよ。親父は、そんな医者のために死んでいった。そんな医者とも呼べない、ただの死神のために死んでいった」

しかし、思いのほか沈み込んでしまった上杉を見て焦り、玄次はフォローに必死だった。

上杉を責めたつもりは毛頭ないのに、でも失敗だったと訴え続けた。

「だから――――んっ!?」

と、そんな二人の耳に、突然携帯電話の着信音が鳴った。

脱ぎ落とした衣類の中から聞こえるそれは、上杉には覚えのない着信音だった。

「あ、根本からだ。急ぎかもしれない。こんなときに、電話なんかしてくる奴じゃないのに…、ごめんな」

確かに、余程の急ぎでなければ、こんな時間に根本が電話をしてくるのは不自然だ。

玄次の件で、武田が鬼栄会のチンピラに襲撃を受けたことも記憶に新しい。

上杉もこの電話の内容には、胸騒ぎを覚えた。

「あ、いいよ」

玄次はベッドを下りると、衣類の中から二つ折りの携帯電話を探り出して、パチンと開いた。

「もしもし。どうした？」

〃若!! 組長が、組長がとうとう親父さんの敵を見つけました〃

玄次の応答しか聞こえない上杉には、根本が何を報告してきたのか、わからない。

「何？ 本当か!?」

〃はい。ただ、そいつが思いがけないところにいたもんで、組長が…、組長が一度は悩んで、親父さんの敵を討つのを断念しかけたんですが…。けど、他のもんが納得できなくて、たとえ組の看板下ろす羽目になっても、これだけはって――〃

「どういうことだ？」

ただ、確かに何事かが起こった。その知らせを受けたことだけは理解できたので、上杉もベッドカバーで裸体をくるむと、横にしていた身体を起こした。

「うん。うん。なんだと!?」

会話が進むにつれ、玄次の横顔が厳しいものになってくる。

「そうか。わかった。それなら俺もすぐに戻る。責任を取るときは、俺も一緒に腹をくくる。たとえここで武田組を終わらせることになっても、奴だけは許せねぇ。あの野郎だけは、決して」

怒りとも悲しみとも取れない、ただただ苦痛そうな表情になってくる。

「玄次？」

電話を終えた玄次に向かって、上杉が不安げな声を上げる。

「悪い。ちょっと事務所に行ってくる。場合によっては、三日どころか、今日でしばらく会えなくなるかもしれないけど、そのときはごめん」

しかし、それにもかかわらず、玄次は上杉の顔も見ようとせずに、衣類を拾うと身に着け始めた。

「は？　なんのことだよ⁉　どういうことなんだよ、それは」

上杉は突然のことに、ただ困惑するばかりだ。

「親父の敵を見つけて、とっ捕まえたんだよ」

と、ようやく玄次が事情を説明してくれた。

「――――敵⁉」

たった今聞いたばかりの医師のことだったただけに、上杉はどんな偶然なのだと感じた。

「ああ。海外にいたらしい薫が知ってるどうかはわかんねぇけど、俺たちの親父は五年前に成田空港で起こった、航空機の衝突事故の犠牲になって死んでるんだ」

「成田？」

が、偶然の発覚はそれだけではなかった。

思いがけない話が飛び出し、上杉の鼓動は早鐘のように高鳴った。

「柄にもなく家族全員、組員全員で慰安旅行に出かけた帰りだった」

あの日の地獄が蘇る。

「あの事故で、俺はこの顔に傷を負った。兄貴は右脚を失った。組員もそれなりに怪我して、けど…、それでもどうにか無事だった。ちゃんと生き残った。なのに、親父だけが助からなかった」

ここは戦場か、生き地獄かと感じた現場が、まざまざと脳裏に思い浮かぶ。

「たった一枚、黒いタッグをつけられたために、その場に置き去りにされたんだ。何時間も事故現場に放置されて、遺体と同じ扱いをされて、誰にも見取られることなく、たった一人きりで苦しんだ挙げ句に、死んでいったんだ」

「っ!?」

上杉は、話を聞くにつれ、全身が震え出した。

「そのときの事故で負傷者を振り分けた医者の中にはさ、きちんと札に自分の名前を書いて、後から遺族に状況説明をしたとかっていう医者もいたらしいっていうのに、なんなんだよな？　この差って。そういう医者の判断なら、俺たちだって納得できたかもしれないのに。なんでうちの親父に限って、そんな…、人を荷物みたいに扱う医者に当たって、死なきゃなんないんだよな？」

重傷者を段階別に振り分けるために色づけされたトリアージ・タッグ。

あれを手にした日の恐怖が、今も尚忘れていない恐怖が思い出されて、全身が凍りつく。

「まだ生きてたはずなのに、生き続けられたかもしれないのに、どこの誰にそんな選別されたのかもわからないまま…、息絶えたんだよ。見殺しにされたんだよ。けど、そんな死神みたいな医者の顔を、兄貴だけは覚えていた。自分が赤タッグを貼られて意識を失いかけながらも、親父に黒タッグをつけた男の顔だけは記憶してたんだ。黒河って男の顔をな」

「――――…黒河先生!?」

だが、突然出てきたその名を聞くと、上杉は凍りついた全身さえ砕けてしまいそうだった。

「皮肉なもんだよな。東都には、薫には、俺が世話になったっていうのに。だから兄貴も迷ったんだろうけど」

いったい玄次は、なんの話をしているんだ？

誰の話をしているんだ？

これぱかりは何一つ信じられない、上杉にとっては幻聴としか思えない内容だ。

「でも、これぱっかりは、どうにもならねぇ。見つけちまったからには、どうすることもできねぇ。だから、ごめんな薫。本当に、ごめん――――」

けれど、上杉が啞然としている間に支度を終えた玄次は、謝罪と同時に寝室を飛び出していった。最後まで、苦痛に満ちていただろう顔や目を合わせずに、上杉の前から消え去った。

「玄次!!　待て玄次っ!!」

咄嗟に上杉も後を追うが、気持ちばかりが前に出て、身体が上手く動かない。

玄次をまともに追いかけることさえできないまま、ベッドから落ちると、座り込む。

「どうして？　なんで？　そんなはずない。黒河先生は、あのときすべてのタッグにサインをしていた。玄次の言う、後日遺族に説明ができた医師がいたとしたら、それこそ黒河先生だけのはずだ」

ただ、そんな状況の中でも上杉は、必死に記憶をたどっていった。

あの日の光景をこと細かに、まるでビデオテープを巻き戻すかのように、遡っていった。

「見間違えだ。武田さんが、他の誰かと黒河先生を見間違えただけだ。黒河先生は、サインのないタッグなんて一枚もつけてな――――…」

そうして一つの場面を思い出す。忘れもしない、ワンシーン――――。

「いや、違う。そうじゃない。たった一枚だけ、あの日たった一枚だけ、黒河先生は選別者のサインのないタッグを自らつけた」

初めて記入した黒判定。

「俺が…、俺が選別した負傷者に。俺が、動揺するまま、自分のサインも入れられずに黒判定だけを書き込んだ…、あの一枚を!!」

自分では切り放すことも、つけることもできなかった、トリアージ・タッグ。

「俺が、俺が殺した…。玄次の父親を俺が見殺しにした。あれは俺であって、黒河先生じゃない!!」

あれが玄次の養父、武田組の先代だったとしたら、これはもはや偶然というよりは、神の悪戯だ。無慈悲にもほどがある、天罰としか思えないような出来事だ。もしくは、もしくは…。

『こんな…、こんなことになるなんて。やっぱり俺が憎いのか!?　お前のことに気づけなかった、助けてやれなかった俺が許せないのか?　章徳!!』

上杉には、今は亡き恋人の無念が巡り合わせた残酷なだけの出会いだったような気がして、玄次に愛されたばかりの身体を抱き締めた。

『玄次――――っ』

自分の顔さえ見られずに、目さえ合わせられずに立ち去ることしかできなかった玄次の心情を思うと、ただただ目頭が熱くなった。

しかし、

『いけない…。だめだ。こんなところで、泣いてる場合じゃない。このままじゃ黒河先生が危ない。何も知らない玄次や、玄次の大事な者たちが過ちを犯す。今以上に傷つくことになる!!』

上杉は、力の抜けた身体を奮い立たせると、携帯電話を手に取った。

「もしもし、もしもし、俺です。上杉です」

黒河の連絡先がわからないことから病院の外科部、それも清水谷直通の番号にかけた。

〃あ、上杉先生。どうなさったんですか?〃

「清水谷先生!! すみません、至急どなたかにお願いをして、確認してください。黒河先生が武田組の者に誘拐されているかもしれません。今日は自宅待機だと聞いているんですが、とにかく、自宅にいるかどうか確認してください」

説明しているだけで、今にも心臓が潰れそうだった。

〃黒河先生が武田組の…って? え!?〃

清水谷は、何がなんだかという状態で、上杉からの電話を受けている。

「俺はこのまま武田組に行きます。黒河先生は、人違いをされてるだけなんです。武田組の人たちに、組長を殺した男と間違われて、逆恨みをされているだけなんです」

〃どういうことなんですか? 全然意味がわからないんですが〃

「説明している暇がありません。とにかく、確認をお願いします。見つからない場合は、すぐに警察に連絡をお願いします。では」

しかし、上杉は一方的に要件だけを伝えると、自分もすぐに着替えて、ホテルの部屋を出た。

『早まったことをするなよ、玄次。お前が、お前たちが憎むべき相手は、この俺だ。お前たちの組長を死に追いやった死神は、他の誰でもなくこの俺なんだから!!』

玄次の後を追って、武田組の事務所へと向かった。

＊＊＊

その頃、新宿の一角に建つ雑居ビルの五階フロアに事務所を構えている武田組では、両腕を後ろに取られて縛り上げられた黒河が、わざとらしいほど大きな溜息をついていた。

「はぁっ。お前らの言い分はわかったが、話にならねぇな。少なくとも、お前ら全員あの事故現場にいたんだろう？　どういう状況だったのか、誰に聞かなくてもわかってんだろう？」

突然帰宅途中で拉致されて、これはいったいどういうことだと理由をただせば、原因は五年前の事故災害に行なったトリアージ。それも黒タッグで先代が死亡した復讐だというのだから、黒河にしてみれば、やっていられない内容だ。しかも、自宅で待つ恋人に、これから帰る。さすがに今日は帰れるから、十分後には着くと電話を入れた後だけに、帰らぬ自分をどれほど心配しているかと思うと、余計に腹も立ってくる。

「そしたら、負傷者はそれなりにいたかもしれないが、死亡者がたった一人って、どれだけ幸運なことなのかわかんだろう!?　運が悪けりゃ、全員死んでてもおかしくなかったんたぞ。それを、どんな逆恨みなんだよ、こんな真似しやがって」

おかげで黒河を拉致した武田や組員たちは、予想に反した逆ギレと説教を食らうことになった。

あのときは仕方がなかったんだという謝罪はおろか、かえって「馬鹿か、お前らは」と、罵倒さえ食らう羽目になったのだ。

「まったく悪気がねぇな。人一人殺しといて。いや、あの日どれだけの人間が、お前のつけた黒タッグ一枚のせいで死んだかわからねぇのに、よくそうやって堂々としてられるよな!!」

だが、そんな黒河の激憤など知ったことではない組員たちは、縛り上げて床に座らせた黒河を脅すように木刀を振り回した。

詳しい経緯を聞くまでは、決して手を出すな――そんな武田の言いつけがあるから我慢はしてきたが、思いがけない反抗をされたことで、抑えが利かなくなってきたのだ。

「あのとき俺が黒判定をしたのは、二十五人だよ。うち、二十人は即死だった。残りの五人は救出不可。どんなに急いで搬送しても、間に合わない。どうすることもできない。そういう判断をした上での選別だ。堂々とするしかないだろう」

だが、並の男なら震え上がって口も利けない状態に置かれていても、黒河の毅然とした態度は変わらなかった。

「――――は？　そういうのを居直りって言うんじゃねぇのかよ。医者のくせして、よく生きてる人間を見殺しにしたよな!!　医者が患者を放置するっていうのは、立派に殺人じゃねぇのかよ!!」

組員たちは、今すぐにでもこいつを叩きのめしたいという殺気を漲らせて、押さえきれない激憤を少しでも解消するように、黒河の代わりに木刀で床を叩き始める。

「うるせぇ!! 何が見殺しだ。殺人だ。人の気も知らねぇで、こんな真似しやがって。結局お前らも鬼栄会と変わらねぇただのゴロツキかよ」

ただ、ときが経つにつれ、黒河には怒りと同じほどの焦りが起こっていた。

「ふざけんな!! 俺たちを、あんな奴らと一緒にするな。痩せても枯れてもこの武田組は、結成以来地元の治安を守ってきた組だ。筋の意味もわからねぇやくざ共と一緒にすんな。世の中にはな、表向きの警察じゃ守れねぇもんだって、いっぱいあんだよ!!」

そのため、組員たちと言い争いながらも、ときおり壁にかかった時計を見ていた。

「だったら俺を今すぐ放せ。そうでなければ、せめて一度家に連絡を入れさせろ。家には、午後から病院に行かせなきゃならない奴がいる。週に一度、必ず治療を受けなきゃ命にかかわるような奴がいるんだから、消えた俺のことで心配かけるわけにはいかねぇんだよ!」

そう、なぜなら今日は、黒河の恋人である白石《しらいし》が癌の再発防止治療のために通院が決められた、週に一度の診察日だった。いつもなら主治医でもある黒河が、病院で待ち構えているところだが、ズレにズレた休暇のために、今日は池田が代わりに診ることになっている。

そして、それがあるから黒河は、時間になったら付き添うつもりで家路を急いでいた。たまの休みだというのに二人で出かける予定も作らず、病院へ行くまでの時間を自宅で穏やかに過ごそうとしていたところで、ここに連れてこられたのだ。

「ふん。何をそんな取ってつけたようなことを。これだから、医者は…」

だが、何一つ事情を知らない武田には、黒河の焦りはわからなかった。

「こんなときに、いちいち作り話なんかしてられるか!!　とにかく一度連絡させろ」

「――――いやだね。それが本当なら、逆にずっとここで監禁してやるよ」

「なんだと」

「そうすれば、大切な者を見殺しにされる気持ちがどういうものなのか、先生にもわかるだろう」

黒河の帰宅だけを待っているだろう白石が、たった今もどんな恐怖の中で過ごしているのか、見当もつかなかった。

「たった一枚のタッグのために、そのまま放置される人間の気持ちも。そんな状況で死んでいった遺体を突きつけられる遺族の気持ちも。少しは想像できるようになんだろうよ」

「貴様っ…」

そうこうするうちに、黒河の焦りは不安となって、不安は再び憤りとなった。

「生憎だな。そんな気持ちも、想像も、今更知る必要はねぇな。俺はお前らみたいなやくざじゃねぇんだよ。ちゃんと人の命の重みも、痛みも、今までの人生で学習してんだ。ふざけたことぬかしてんじゃねぇぞ、このぼんくらが――――っ!!」

武田は「黙れ」と言う代わりに、黒河の腹部に蹴りを放った。

「くっ!!」

完治しているとはいえ、場所が場所だけに、黒河の顔にも苦痛の色が隠せない。

「そのわりには、頭悪ぃな。いい加減に、突っ張るのはやめたほうが身のためだぞ」

それでも武田は、黒河の汗ばんだ髪を鷲摑みにすると、力いっぱい顔を上げさせた。

「俺たちは、筋のとおった詫びが欲しいだけなんだよ。あんな形で死んでいった親父に、どうしようもなかった。そうするしかなかったなんて言い訳じゃなく、誠心誠意、医者として努力ができなかったことを認めた上での謝罪と、殺された親父が納得するような償いが欲しいだけなんだよ」

ここまできたら武田も後には引けない、本気で黒河にその身を挺した謝罪と償いを迫った。

「ふざけんな。俺があのとき最善を尽くさなかったってどうしてわかる。俺だけじゃない。あの場で選別に当たった医師の全員が、誠心誠意の努力をしなかったって、なんでお前に言いきれる!?」

だが、どんなに武田が脅そうが、黒河は主張を曲げなかった。

「どうしようもなかったっていうのは、言い訳じゃなくて、事実なんだよ。それが言い訳だっていうなら、テメェらがどうにかすりゃよかっただろう。自分たちは事故の被害者です。どこまでもただの負傷者ですって顔してねぇで、大事な親のことなら、テメェらの命に替えても、どうにかすりゃあよかっただろ!! それもできなかった分際で、言いがかりをつけてんじゃねぇよ!!」

自分が意見を曲げれば、すべての医師の努力を無にする。上杉の努力も無駄にする。

それだけはできないという強い思いが、黒河に一歩も引かない、引くことのできない強さを湧き起こらせていた。

「貴様っ!!」

しかし、その強さがただの意地としか思えない武田は、黒河の胸ぐらを摑むと、そのまま締め上げようとした。

「よせ、兄貴!!」

が、そんなところに、ようやく駆けつけた玄次が、飛び込んできた。

「玄次!?」

舎弟たちもその姿を見るなり、いっそうざわめき立つ。

「そいつと話をしても、埒があかねぇよ。どんなにお前のせいで親父がうんぬんって言ったところで、こいつにとっては他人事だ。遺体を見るのなんか、日常茶飯事の外科医だ。ましてや、自分が手術に失敗したところで、死んだのは患者の寿命だって平気で言いきる医者なんてゴロゴロいるんだから、そもそも何を訴えたところで、通じねぇんだよ。死神に人の言葉なんてな!!」

玄次は武田さえ押しのけ、黒河の前に立った。

「そうだろう、黒河先生」

こんな形で向き合うことになるとは思っていなかった。それは、玄次も黒河も変わらない。

「んと、話にならねぇよな。埒があかねぇや。これだから馬鹿と話はしたくねぇんだ。お前、こんなことして上杉がどんな思いをするのか、わかってんのかよ。どんだけ痛い思いをするのか、考えてんのかよ!!」

だが、ここで初めて黒河は、上杉の名を出した。

武田に向けては発しなかったが、玄次に対しては確認を取るように、その名を出した。

「わかってるよ。わかってるけど、どうしようもねぇだろう。これがあんたの言う言い訳じゃなくて、現実ってやつなんだよ。ときには、惚れた相手を泣かしても、貫かなきゃならねぇけじめってもんが、あるんだからよ」

しかし、玄次はそんな黒河に、微苦笑を浮かべるばかりだった。上杉には見せることができなかった苦痛に満ちた顔で、一つの決断をしてきたことを伝えるしか術もないようだった。

「――ああそうかよ。なら、もういいよ。でもな、だとしても俺がお前らに付き合って、こんなところにいなきゃならない理由はどこにもない。今すぐ俺を放せ。朱音のところに帰せ。万が一にも朱音に何かあったら、ただじゃおかねぇぞ。お前ら全員、死んだ親父の後を追わせてやる。この俺が責任持って、全員よ!!」

何を言ってもどうにもならない。どうすることもままならない。黒河の怒りは、最後の最後に上杉を裏切ることを選択した玄次に向けられ、それでも収まりきらずに、この場の全員に向けられた。

「なんて男だ…。よくぞ言ったって感じだな」

「さすがは死神だ。おもしれぇ。やれるもんなら、やってもらおうじゃねぇか」

組員たちは怒声を上げると、黒河だけを囲んで、襟や髪を鷲掴みにする。

「テメェみたいな藪《やぶ》医者、二度と医者面できない身体にしてやるよ」

「おい、構うことねぇから、こいつ両腕折ってやれ。二度と使えねぇように、粉々に砕いてやれ」

後ろ手に拘束した両腕に、木刀を振り上げる。

「待て!! やめろテメェら!!」

だが、今にも振り下ろされた木刀が黒河の腕を直撃しようとしたとき、その場からはずっと席を外していた見上が戻ると身体を張って止めに入った。

「どうした？　見上」

何事かと、武田が問う。

「たった今、鳳山組の組長から、電話が入りました。その男は自分の身内だから…。命に替えても守ると決めてる男の一人だから…、たとえ杯を分けた兄弟でも手を出すことは許さないって。無事に返さなければ、今すぐ杯を返上して、全面戦争も厭わないと」

焦りを隠せない見上の説明に、これまでにはなかった動揺が室内に広がる。どうやら上杉からの連絡を受けた清水谷や東都側が連絡を入れたのは、警察ではなく武田の同業者のようだ。

「は？　どういうことだ、それは」

「駿介さんが!?」

と、玄次はいつか、黒河と駿介が親しげに話していたことを思い出した。

もともと関係はあったようだが、それより何より駿介は黒河に感謝の言葉を向けていた。

〝あ、先輩。この間はどうも、義姉がお世話になりました。後から聞いて、驚きましたよ。まさか先輩が立ち会ってくれてたなんて、思ってませんでしたから〟

〝ああ。俺もビックリしたさ。急患で運び込まれてきたのが、よく見たら翔子さんで。まさかこの手で流一の子供を取り上げることになるとは、思ってなかったからな。それも三人も〟

『…っ、あれか!!』

知り合いである以上に、大事な身内を救ってくれた医師。それも、母子共に。

『こっちは身内を取られたっていうのに…』

玄次は、なんて皮肉なんだと、奥歯を噛んだ。

確かに医師のもとには、常に生死がある。それはわかっているが、どうしてそれがこんな近くに存在しているのかと思うと、行き場のない苦痛がまた一つ生まれた気がして――――。

「組長!!」

けれど、見上の後を追うように、また一人の組員、根本が部屋に飛び込んできた。

「他の四神の組長や、関東連合の組長たちからも、似たような電話が入ってます。よりによって、東都の医者に手を出すっていうのは、どういうことだって。院長自ら激怒して連絡を入れてきたが、あそこを怒らせたら、組を散らしてうんぬんの責任問題じゃすまない。簡単に考えるなって言って、そらすごい剣幕です」

「なんだと!?」

次々に起こる想定外の事態に、室内のざわめきが大きくなるいっぽうだった。

「――――そりゃそうだ。だから、言ったじゃないか。昨夜も俺が忠告しただろう。東都で騒ぎは起こすなって。やっかいだと承知の上でも、やくざを受け入れる病院だけは大事にしろって。いざ何かが起こったときに、のたれ死にたいのか、お前らは!!」

そうこうするうちに、玄次の後を追ってきた上杉が、ようやくここまでたどり着いた。

拘束された黒河の姿を目にすると、一瞬でその形相を変えた。

「薫!?」

名前を呼んだ玄次の顔が、まともに見れない。

『玄次…』

どうしてホテルで玄次が上杉の顔を見ずに出ていったのかが、よくわかる。

「上杉先生」

しかし、それでも上杉は、驚く玄次や武田の傍まで行くと、その二人の胸元に両手を向けた。

「お前らな、どんな大義名分を掲げて戦争しようが、兵士が傷ついたら、助けるのは誰だ!? 司令官か？　同僚の兵士か!?　違うだろう!!」

同時に二人のスーツの襟を力いっぱい掴むと、今だけは一人の医師としてというよりは、極道《玄次》を愛してしまった一人の人間として、彼らに向けて訴えた。

「最後に仲間の命を救ってくれるのは、傷を治せる医者であり、看護師であり、病院って環境だろう？　だからこそ、どんな時代の戦いにおいても、病院だけは攻撃しちゃいけない聖域ってことになってるだろう!?　攻撃でもしようものなら、歴史に残る大罪人。卑劣な奴だって、一生涯言われることになるんだろうがよ!!」

どうして、こんな簡単なことがわからないんだ。

どうして、わかってくれないんだ。

そんな怒りと悔しさから、上杉の双眸には大粒の涙が溜まっていた。

「それなのに、よりにもよって勝手な勘違いでこんなことしやがって…。お前ら全員頭丸めて土下座しろ!!　黒河先生に謝れ!!」

すべての原因が自分にあるとわかっているだけに、上杉は二人を黒河の前に突き飛ばして、怒声を上げた。

「勘違いだ!?」

「何を根拠に。俺は見たんだぞ、こいつが親父に黒タッグをつけるのを」

信じがたい台詞に、玄次も武田も上杉を見た。

「ああ、そうだ。確かにお前たちの父親に黒タッグをつけたのは、黒河先生だ。けど、黒と選別したのは別の医師だ。黒河先生は、ただビビってつけられなかったその医師の代わりに、タッグをつけただけなんだよ。一刻を争うからこそ、その医師が下した判定を信じて、作業したに過ぎないんだよ」

上杉は二人の眼差しを真っ向から受けると、静かに、だがはっきりとした口調で、当時の説明をして聞かせた。それは玄次を愛しているからこその自白であり、懺悔であり、約束の実行だった。

「それに玄次、お前さっき言ったよな? あんな状況の中も、タッグのすべてにサインを入れて、後日遺族に説明をした医者だっていたのにって。親父さんの死だって、そういう医師に下された判断なら、納得できたのにって…。でも、それが黒河先生なんだよ。あの場にいた医師の中で唯一、そこまで責任を負ったのが、黒河療治っていう生まれながらの医師なんだよ!!」

「――――…!?」

それでも、武田はそんな説明は信じられないという目をした。

「とにかく、黒河先生をここから解放しろ。お前たちの父親の敵なら、俺が教えてやる。誰が黒判定をしたのか教えて、気のすむように敵も取らせてやるから、先生を今すぐ解放しろ。この騒ぎを一刻も早く収めろ」

「なんで？　どうして薫がそんなこと……」

玄次に至っては、何か嫌な予感にでも駆られているのか、不安気な目を上杉に向けた。

「俺もあの場にいたからだよ。あの場でトリアージをしていたからだよ」

「――――」

話の流れから予想はしていたのだろうが、玄次の目は嘘だと訴えていた。

あの場に上杉がいたなんて、しかも負傷者の選別をしていたなんて、そんな偶然をどうやって信じればいいんだと、言葉にもできずに視線だけで訴え続ける。

「だから、早く黒河先生を解放しろ」

「よせ、上杉。そいつらには、何を言ったところで、通じない。お前は何も言うな」

「黒河先生こそ黙っててください。これは、俺の問題です」

「上杉!!」

だが、それでも黒河は頑として態度を曲げなかった。あれは誰が誰を選別したという問題じゃない。そんな個人的な問題じゃないんだという意思を、一人の医師として最後まで示し続けた。

「とにかく先生は、早く帰って、朱音さんを安心させてあげてください。病院に連れていってください。この上何かあったら、どうするんですか？　それこそ誰も責任が取れないじゃないですか」

そんな黒河の姿に上杉は、やっぱり一生追いたい人だと、改めて思った。

「しかしな」

「もう、いいから先生を外に出せ、玄次!!　言うことを聞かないなら、東都だけじゃなく、聖南医大でも今後一切やくざと名のつく奴は受け付けないぞ!!　どんなに関東連合の幹部と院長に交友関係があったとしても、孫の俺が出入り禁止にさせる。それこそ院長のコネを勝手に使って、都内の救急病院、医大のすべてで、やくざの受け入れ拒否をさせるぞ」

たとえ何が起こっても、医師としての自分はきっと一生彼を追う。どんなときでも誇りを持って医師であり続ける黒河を追うだろうと実感すると、だからこそこの場だけは、これから起こることだけは、見られたくないと願って退出させることを指示した。

「なっ!!」

「そいつを出せ、見上。そんなことをされたら、確かに話が大きくなりすぎる。うちの解散程度じゃ、責任を負いきれねぇ」

さすがにこれには応じないわけにいかなかったのか、武田は黒河を解放するよう、指示を出した。

「はい。お前ら、その方を丁重にここから追い出せ」

「はい」

「ちょっ、待て上杉っ!!　ここで引き下がれるか」

見上が指示を出すと、黒河を囲んでいた組員たちの数人が動き、無理矢理部屋から連れ出した。

「上杉、上杉っ!!」

扉の外から聞こえる懸命な呼び声が、上杉には申し訳ないと同時に、切なかった。

『黒河先生…』

これから自分が何をするのか、きっと黒河にはすべてお見通しなのだろう。だからこそその呼びかけが、上杉にはもったいなくて、胸が痛んだ。

『黒河先生…すみません。玄次————ごめん』

そして、何一つわかっていないだろう玄次には、ただただ申し訳なくて、泣きたくなった。

「さ、言うとおりにしたぞ。教えてもらおうか。親父さんに黒判定をしたって奴を。あんな紙切れ一枚で、俺たちの親父さんを殺した真犯人って奴をよ」

部屋に静けさが戻ると、見上はあえて武田や玄次を押しのけ、自分が上杉の前に立った。

ここから先は武田や玄次と上杉を直に向き合わせてはいけない。そんな気がしたのだろう、普段は決して前に出ない漢が、この場だけは————。

「俺だ。お前らの組長に死の選別をしたのは、他の誰でもない、この俺だ。生まれて初めて黒の判定をした重傷者だ。今でもはっきりと覚えている」

「————上杉先生!?」

しかし、見上の予感は最悪なまでに的中した。武田や玄次の衝撃が手に取るようにわかる。

「おそらく、黒河先生も同じことを言っただろうが、あの場ではそれが精いっぱいだった。他にできることは、一つもなかった。これは言い訳じゃない、現実だ」

それは上杉も同じだった。

「ここの組長に関しては、確かにあの場で蘇生治療に入れば、助かる可能性はあった。だが、その治療に回れるだけの人手がなかった。たった一人の患者のために費やせる時間を持った人間が、あの場には一人もいなかったんだ」

上杉自身、すでに二人と同じだけの衝撃を、場合によってはそれ以上の衝撃を、つい先ほど受けたばかりだ。

「もちろん、だからといって、大事なタッグに名前を入れ忘れたのは、俺の至らなさだ。経験不足というよりは、生まれて初めて行なったトリアージに困惑して、冷静さを欠いていた。自分では必死だったと思うが、ミスもしたかもしれない。俺でなく、選別したのが黒河先生だったら、判断も違っていたかもしれない。それは、認める」

ただ、こんなにも残酷なだけの偶然がどこから始まったのだろうと思うと、上杉は霊園で出会ったときからだろうか、それともすでに五年前のあの日、事故の当日から始まっていたのだろうかと、聞けるものなら誰かに聞きたかった。

今思えば、同じ日に大切な者を亡くした。だからこそその巡り合いだったのか？　と。

「ただ、それを認めても尚、それでも俺はできるだけのことはした。最善を尽くした。俺の判断のために失われた命があったとしても、それはその人間が持っていた運命であり、宿命だ。災害現場では、そうとしか言いようがない」

それでも上杉は、世の中にはなんて皮肉なことがあるんだと実感しながら、玄次との愛が運命なら、この偶然は宿命だと思った。それもたった一枚のタッグが結びつけた宿命、死神の宿るタッグが引き寄せた、出会いと別れなのだろうと、無理にでも思い込もうとした。

「この野郎、ぬけぬけと言いやがって!!」

「何が運命だ、宿命だ!!　見殺しにされる運命なんて、あってたまるか」

そうでもしなければ、無念そうな章徳の顔が浮かんで、いたたまれなかった。最期の言葉さえ聞いてもらえずに逝った章徳の死に顔が瞼の裏に焼きついていて、恋人としても医師としても、ずっと上杉を責めているような気がして仕方がなかったから。

「怒るなら怒ればいい。恨むなら恨めばいい。でも、そうでも思わなければ、災害現場で医療行為なんてできない。地獄の入り口で生死の選別なんかできやしない」

「なんだと⁉　他人のことだと思いやがって‼」

けれど、そんな己とも戦いながら必死に事実の報告をする上杉の名前は知っていても、顔を知らない舎弟たちは、よもや玄次が愛した医師が目の前の男だとは考えられず、湧き起こる激憤を抑えられなかった。手にした木刀を振り上げるだけならまだしも、中にはナイフを出す者も現われた。

「やめろ‼」

「若‼　この場は組長に任せて」

最悪さだけが増していく状況下で、苦しい立場に置かれた玄次を気遣い、見上が根本に目配せをする。どうにか玄次だけでもこの場から出そうと試みる。

「余計な心配は無用だ。そいつには聞きたいことがあるんだから、テメェら絶対に手を出すな‼」

「――――っ」

しかし、玄次は根本を振りきると、異様な殺気を漂わせる舎弟たちを退け、上杉の前に出た。

「薫、お前がさっき言ってた納得と約束って、こういうときのことか？　遺族の怒りや憎しみを受ける覚悟はあるって。あれは、普段のことだけじゃなく、あの事故のことも言ってたのか？」

できることなら今からでもいい、否定してくれ。それができないなら、せめて医師である責務やプライドを捨てて、泣き伏してくれ。悲憤に満ちたその目は、そう切願しているようだった。思いを向けられた上杉のほうが辛くなるほど、玄次は玄次で行き場のない自分に、困惑もしている。

「ああ。そうだ。俺は、あのとき偶然現場に居合わせたことから、トリアージの作業に参加した。タッグ一枚で、多くの人間の運命を左右した。一人の医師としては、未熟ながらも全力を尽くした。誰に恥じることもないと胸を張れる。けど――」

だが、だからこそだろうか、どれほど困惑しても真っ直ぐで曇りのない瞳の玄次に、上杉が微笑を浮かべてしまったのは。

「あの日、あの事故で、俺も大事な者を失った。一生愛し合っていくんだと信じて疑っていなかった最愛の男を、お前と同じように黒タッグ一枚で失った」

まるで笑って別離を告げるように、やっぱり三日持たなかったなと言わんばかりに、今にも消え入りそうな笑みを浮かべて、自分に起きていたもう一つの偶然を口にしたのは。

「俺は現場にいたのに、そもそもあいつを迎えに行ったからあの場にいたのに、あいつが事故を起こした旅客機に乗ってたことを、残された遺体を目にするまで気づけなかったんだ」

「な…っ!?」

加害者であると同時に被害者でもある自分を晒した姿は、玄次が初めて上杉を見つけた霊園での姿そのものだった。見た目は何一つ変わることがないのに、白衣を纏ったときのような覇気がない。綺麗で弱々しくて儚くて、触れたら壊れてしまいそうな存在だ。

「気づいていたら、探したのに。たとえあの場にいた負傷者全員を犠牲にしたって、探し出して助けたのに……。俺は、俺は…、何もできないまま、誰が選別したのかもわからない黒タッグのために、自分の命より大事な男を死なせたんだ!!」

けれど、これこそが玄次の腕の中で「自分は臆病だ」と明かした上杉の素顔そのもので、玄次が必ず一緒にいてやる、一緒にいて守ってやるからと言わずにはいられなかった、恋人の姿でもある。

「憎いよ。恨めしいよ。当たり前だろう。自分が遺族の側に立ったら、お前らのことなんか何一つ責められない。それぐらい、選別した奴が憎いし、見つけ出して殺してやりたいよ!! それができないならせめて…、せめて、あの場で俺があいつの傍に逝きたかったよ!!」

しかし、そんな脆いだけの存在となった上杉の目には、もはや医師としての自分も、自分に背を向けざるをえなかった玄次の姿も、見えていないようだった。

「でも、誰も見殺しにしたくて、黒タッグなんてつけない。そんな選別なんてしない……。それもわかるから、あいつ自身もそれを知っている医者だったから、俺は俺なりに頑張ってきた…、けど!!」

見えているのはあの日の光景――――惨いだけの事故現場と大勢の被害者ばかりで、それを示すかのように上杉は大粒の涙をボロボロと零し始めると、一際大きな声を発した。

「俺は好きになった奴を傷つけたかったわけじゃない。誰かを殺すために医者になったんじゃない。それなのに…、どうして、こんなことに…!? こんなことになるんだよ!!」

「わっ」

「薫っ!!」

突然、傍にいた組員が手にしていたナイフを奪い、玄次がまずいと思ったときには、それを白い首筋に向けていた。

「もう嫌だ。もう――――こんなのは嫌っ!!」

追い詰められたまま限界を超えた心が、迷いもなくナイフを握った両手に力を入れさせる。

「やめろ、薫!」

玄次は夢中で叫ぶと、先ほど愛したばかりの命を絶たせまいと、自ら両手でナイフの刃を掴んで引きとめた。

「やめるんだ、上杉先生っ」

刃物が首から離れた瞬間、ほんのわずかな一瞬を狙って、武田も上杉の身体を押さえて、玄次にナイフを奪わせる。

「放せ!! 俺を殺したいほど憎んでるのは、お前たちだろう!!」

「先生っ!!」

「俺も俺が憎い…っ。殺してやりたいぐらい憎いんだよ!!」

しかし、激情に駆られた上杉は、武田を突き飛ばすと視界に映った大きな窓に向かって走った。

「やめろ、薫!!」

「先生っ!!」

鍵のかかっていなかった窓を一気に開けると、秋から冬へ変わろうとしている快晴の空を見上げて、どこかホッとしたような表情で身を乗り出す。

「もう、許して…。いい加減に、全部終わりにさせてくれ」

無気力な呟きと同時に、身を投げる。

「薫っ!!」

玄次はナイフを投げ出し、血まみれになった両手を力いっぱい伸ばした。窓から半分ほど身を落とした上杉に飛びつき、どうにか落ちかけた身体を引きずり戻して、その場で押さえ込む。

「放せ!!」

狂ったように暴れ始めた上杉を、玄次は力の限り抱き締めた。

「誰が放すか!! お前は俺のもんだ」

「放せ、死なせろ!! 俺を章徳のところに逝かせろ!! お前たちの先代のところに逝かせろ!!」

「薫っ」

何もかもを捨てる覚悟で、ただ一人の上杉だけを抱き締めた。

「頼むから、俺が殺した人たちのところへ…、見殺しにするしかできなかった人たちのところへ俺を逝かせてくれ。もう、苦しい…」

「逝かせねぇよ!! お前が逝くなら俺も逝く。奈落の底まで一緒に堕ちる。そう、言っただろう」

その抱擁と告白は、素肌を絡め合ったときよりも激しいものだった。

「俺は、薫が好きなんだよ。薫の全部に惚れてんだよ」

今にしてみれば、どうしてあそこで背を向けてしまったのだろう。何らかの形で愛する者が傷つくとわかっていながら、なぜ復讐心を捨てられなかったのだろうと、後悔の念さえ伝えるものだった。

「――苦しい…っ。死にたい」

けれど、すべてを放棄した上杉には、そんな玄次さえ苦しいだけの存在で、限界を超えてたどり着いた答え、楽園への道を阻むだけの存在で、ただただ身も心も苦しめる、痛めつけるだけの存在でしかなくて…。

「死にたいんだよ――っ!!」

それを肉体で示すように一際大きく身を仰け反らせると、上杉は玄次の腕の中で突然痙攣を起こし始めた。

「薫!?」

「上杉先生!!」

呼吸困難を起こして苦しみ始め、玄次やその場にいた者たちの顔色を、更に蒼白なものにした。

「薫っ…っ。救急車…、誰か救急車!!」

そう叫ぶしかなくて、玄次の胸がズキリと痛む。

だから上杉は、あんなにも訴えていた。黒河も訴えていた。最後に頼る場所だけは取っておけ。頼らざるをえない場所になるのだから、そこだけは何があっても死守しておけと。

「上杉先生っ!! 死んだら駄目です。死んだら、駄目です!! 俺たちが悪かったんです。全部、俺たちが悪かったんです、許してください。このとおりです、ごめんなさい!!」

目の前で苦しむ上杉に何もできない無力さから、根本は叫ぶとその場に両手をついて膝を折った。

「上杉先生も、黒河先生も…、みんな必死だった…。俺たちは誰よりそれをわかっていたはずなのに、それを受け入れられなかった。ただ、それだけです!!」

根本が上げた悲痛な叫びが、その場で武器を手にしていた者たちの膝をも折らせる。

「だから、だから、俺らどんなことでもしますから、どうか――ごめんなさい!!」

こんなときばかりと思われても、心の中で「神様」と叫ぶ。

どうか早く、一刻も早くサイレンが聞こえてこないかと、必死で祈る。

「上杉っ？　上杉!!」

「――っ!!」

だが、そんな彼らの耳に届いたのは、神の声でもなければ、救急車のサイレンでもなく、先ほど少なからず自分たちが痛めつけてしまった黒河だった。

いったいどの段階で連れ戻しに走ったのかはわからないが、傍で見上が息を荒くしている。

「っ、先生!!　薫が急に」

縋るような声を上げた玄次のところまで足早に近づくと、黒河は玄次が流した鮮血で衣類を赤く染めた上杉の姿に目を細めた。

「袋、コンビニのビニール袋でもなんでもいい。とにかく袋を寄こせ!!」

「っ、はい。これを！」

すぐさま指示を出して、舎弟の一人からビニール袋を受け取ると、それで苦しむ上杉の口元を覆って、様子を窺う。

「先生？」

「大丈夫だ。過度な興奮とショックから、過呼吸を起こしてるだけだ。静かにしてろ」

「はい」

過換気症を起こした上杉に、自身の二酸化炭素を吸わせて、落ち着くのを待つ。精神はともかく、まずは身体だけでもと治療にあたる。

「落ち着けば、すぐに治まる。気を確かに持てよ、上杉」

ただ、玄次たちに「大丈夫だ」と言ったはずの黒河の表情は、ひどく不安げなものだった。

「頼むから、頼むから、このままどっかに行くなよ。ちゃんと戻ってきてくれよ」

まるで祈るように語りかけるその姿は、玄次や武田たちの不安を煽ることはあっても、それを取り除くことはまったくなかった。

「俺が悪かった。俺が軽率だった。どんなことでもするから、頼むから――な…上杉」

微かにサイレンが聞こえ始めた頃、上杉は幾分落ち着き、呼吸も正常に戻った。

「薫!?」

「上杉？」

だが、ぐったりと身を崩したまま目を閉じていた上杉は、このときすでに意識を手放していた。

まるで五年前のあの日、あのときのように、血にまみれた衣類を纏った姿で、力尽きていた。

7

救急隊員が到着したとき、すでに過換気症は治まり、上杉の身体は正常に戻りつつあった。

しかし、それがわかっていても尚、黒河が危惧したのは上杉の精神状態のほうだった。これまで必死で繋ぎ止めていたものが、絶えきれずに切れた。生きることを放棄するほど追い詰められてしまった精神が、果たして意識を取り戻したときに正常な状態を保っているのか、それが不安でならなかったのだ。東都医大の救急に運び込んでからも、それだけが――――。

「大丈夫ですよ。そんな、心配しないでください。すみませんでした、お騒がせして」

だが、上杉は横たえられたベッドの上で意識を取り戻すと、虚ろな目はしていたが正気を保っていた。心配そうな黒河の顔を見ると、微笑も浮かべた。

「上杉」

この瞬間、黒河はホッとするのと同じぐらい、胸が痛んだ。

いっそあのまま狂えたら、どれほど上杉は楽だったのだろう。どれほど救われ、自由になれたのだろうと思うと、人の強さはときに残酷だ、試練ばかりを与えて追い詰める、負った傷が深く大きくなっていくばかりで、治癒される暇もないと感じられて。

「章徳に怒られました。俺はそんなに気持ちの小さい男じゃないって。あの日のお前によくやったなって誉めることはあっても、恨んだりしないって…。初めて夢の中に出てきてくれたのに…、お説教されちゃいました」

と、そんな黒河の心情を察したのか、上杉は掛け布団の端を握りながら話し始めた。

「会ったら連れて逝きたくなるから、我慢してたのに…。こんなことになるなら、もっと早く会いに来ればよかったって。でも、そう言って章徳が俺に触れようとしたら、玄次が俺の腕を掴んで…。誰が逝かすか馬鹿って言って、無理矢理俺を章徳から引き放したんです。人間って、本当に都合がいいですね。こんな勝手な夢を見るなんて。それで、多少なりにも安堵してしまうなんて…」

今では夢でしか会えない男と、生身の男。本来ならありえない二人の共演が、上杉の壊れかけた精神を救ってくれたのだと、説明した。

「そうでなければ、シンドイことばっかりだからな。多少は許されるんじゃねぇのか？　夢ぐらい」

黒河は、それを聞くとようやくその口元に笑みを浮かべた。どれほど優れた医師でも、治せない病はある。どれほど効くと言われる薬でも、どうにもできない病はある。人の心に深く刻み込まれた傷や病だけは、どんなに医学が進んでも、どうすることも叶わない。そこに恋心が絡めば尚のこと。

「だといいけど――――。ところで、玄次たちはどうしました？」

それでも上杉は辺りを見回すと、玄次たちの姿がないことに眉を顰めた。

「ロビーで待機してるが、全員今にも死にそうな顔してるんじゃねぇのか？　会えそうか？」

おそらく、上杉が最悪な目覚め方をした場合のことを懸念して放されているのだろうが、それだけに上杉は、玄次や武田たちのことも心配になった。

「はい。謝らなきゃ…」

自分が取り乱したことで、彼らはこれまで以上に傷ついたかもしれない。そうでなくともやりきれない悲嘆と復讐心を抱えて今日まで来ただろうに――そう考えると、上杉は不思議と彼らに対して怒りは湧かなかった。自分が医師でさえなければ、同じことをしていたかもしれないという気持ちに嘘がつけず、複雑な思いばかりが膨張していった。

「馬鹿言えよ。お前が謝ったら、立つ瀬がねぇよ。あいつらも、俺も」

しかし、理由は違えど黒河にも、少なからず加害者意識が芽生えていた。

「黒河先生？」

「ごめんな。気づいてやれなくて。あのときすでに、お前は限界だって訴えてたんだよな。それなのに俺は…。謝ってすむことじゃねぇよな」

精いっぱいの行いが、必ずしも正しい結果を生み出してくれるわけではない。理想的な結果を生み出してくれるわけでもない。白石という存在を得て初めてわかった死の恐怖。そして苦痛。

「あのときの俺は、自分の半身と呼べる相手を亡くすって痛みが、どんなものだかわかっていなかった。どんなに大事でも両親と恋人じゃ何かが違う。その何かが、自分をどれほど痛めつけるのか、全然わかってなかったから、お前に惨いことを言った。結果的に一番きつい現場にお前を追い込んで、こんなことになった」

黒河は、謝ってすむことではないとわかっていたが、頭を下げずにはいられなかった。あのときよかれと思ってかけた言葉が誤りだった、上杉にはきつすぎたと、身体を二つに折り曲げた。

「そんなことはありません。俺は、先生がいたから、今日まで頑張れました。先生がいたから、章徳のところには逝かずに、彼の分まで勤めてこられました。そしてこれからもきっと、頑張れます」

と、上杉は慌ててベッドから起き上がり、黒河に手を伸ばした。

「感謝してます、黒河先生には。でも、俺みたいなのがいるから、後から後から追いかけるから、先生は逃げることも止まることもできないのかなって思うと、逆に申し訳がなくて――――」

その顔を上げさせ、彼には今も昔も感謝しかないことを伝えた上で、自分が気にかけていたことも口にした。黒河に対して抱いていた不安というよりは心配を、初めて言葉にした。

「俺は、前も後ろも見てねぇよ。見てるのはいつも病人や怪我人だけだ。人が生まれ持つ生と死、ただそれだけだ」

だが、上杉の心配をよそに、黒河はいつものように笑ってみせるだけだった。

「先生…」

「とりあえず、玄次だけ先に呼んでくるな」

痛々しいまでの強靭さと使命感に漲った表情を向けてくるだけで、それ以外は何も見せずに、足早に部屋を去るのだった。

『黒河先生』

今だけは上杉のためだけに、玄次を呼びに行くためだけに、白衣の裾を翻して立ち去った。

救急車を追って病院まで来たものの、武田と共にロビーで待機するしかなかった玄次は、両手に負った怪我の手当だけはしてもらったが、肝心な上杉のことは何一つわからないままだった。

「何やってんだよ、テメェらはよ!!」

「――――っ!!」

それどころか、話を聞きつけて駆けつけた駿介によって、耳にも身体にも痛いだけの制裁を受けることになった。

「そもそもトリアージなんてものの前に、〝こいつは日頃の行ないが悪いから後回し。ほっとけ〟って言われたって、しょうがない覚悟で極道やってきたんじゃねぇのかよ!! あ!?」

普段から信頼を寄せ合う仲だからこそ、容赦のない駿介の体罰に、玄次はじっと堪えた。

「ぐっ」

殴るときは自前の拳と決めている駿介だけに、殴るほうの痛みもそうとうなものだ。

それがわかっているからこそ、玄次は人気《ひとけ》の薄れたロビーで、黙って殴られ続けた。

「武田のおやっさんには、少なくともその覚悟があったはずだ。あのときは、お前らや組員たちが助かっただけでも、ありがたいと思ったはずだ。感謝こそしただろう。それを、この馬鹿が!!」

「駿介っ!!」

しかし、玄次がある程度殴られると、武田が駿介に待ったをかけた。

「っ!?」

「すまない。もう、勘弁してやってくれ。わかってる。言われなくても、十分わかってるから、これ以上玄次のことは責めないでやってくれ」

武田は駿介の肩を掴むと、今にも倒れそうな玄次から引き離した。

本当なら、「殴るなら俺を殴れ」と言いたいところだが、駿介に年長者の武田は殴れない。また殴れたとしても、今回のことは、そんなことですむ話でもない。それは武田自身が誰より理解していたから、せめて玄次だけはと、駿介には情けを縋ったのだ。

「玄武さん…」

駿介の視線が逸れると、玄次は力尽きたように身を崩して、その場に座り込んだ。

「黒河先生たちや、上杉先生をこんな目に遭わせて、一番痛い思いをしてるのはこいつだ。他の誰でもねぇ、上杉先生に心底から惚れて、ようやく惚れてもらったはずのこいつなんだよ」

「なんだと？」

偶然の重なりとはいえ、そんな複雑な人間関係のことまでは知らなかった駿介は、武田から事情を説明されると、心身共に傷だらけだろう玄次をチラリと見下ろした。

「なんでそれを先に言わねぇんだよ」

言ったところで、玄次がそんな言い訳がましいことを口にするはずがない。ましてや、自分を溺愛してくれた養父に、死の選別をしたのが恋人だった。これが自分に降りかかってきた現実だったとしたら、駿介でも何も言えなくなるだろう。行くあてのない悲憤だけを抱えて運命を呪い、宿命を恨み、それで耐えるしかない。他に方法がない。そんな心情が想像できるだけに、駿介はこれ以上玄次には、追い打ちはかけまいと決意した。

「って、言えるわけがねぇか」

ここから先は殴った分だけフォローしてやるか、と気持ちも改めた。

おそらく武田もそれを望んでいるのだろうから、今回はその役割に徹するか――――と。

「それに、ここで黒河先生を見つけたとき、よりにもよって、ここの医師だったのかよって、一度は復讐を迷ったんだから、やめればよかったんだ。組の奴らがなんと言おうが、俺ならやめられた。自分もあいつらもやめられたんだから、やめればよかったんだ」

それでも駿介が責め、フォローできる玄次はまだいい。本当に困るのは、武田の処分だった。

「あのとき、片脚をもぎ取られたがために、何もできなかったのは、この俺だ。親父の一番近くにいたはずなのに、手さえ握ってやれず一人で死なせたのは、この俺自身だ。それなのに――――、お門違いな恨み、つらみを抱いたのは、俺の根性がねじ曲がってたからだ。あの事故で片脚と一緒に、もっと大事な何かをなくしていたのかもしれない」

「玄武さん……」

事情はわからないでもないが、ことが大きくなりすぎた。駿介から見ても東都は、特に黒河はこれまで数えきれないほど極道関係者の命を救ってきた恩人だ。怒らせても、恨まれてもいけない筆頭の相手だ。自分や杯を分けた兄弟たちが頭を下げてどうにかなるなら、いくらでも下げる。できる限りの詫びもしようと思うが、果たしてそれで許してもらえるのかどうかが、駿介にも見当がつかない。

「とにかく、今回の騒ぎのけじめは俺がつける。玄次や組員に罪はねえ。そこはお前からも、他の兄さんたちに口利きをしてやってくれ。頼む、駿介」

と、一人で何かを覚悟したらしい武田が、頭を下げて去ろうとした。

「玄武さ――――、っ!!」

が、それを阻むようにして、一人の男が立ちはだかった。

「それで被害者が納得できねぇような変なけじめをつけて、勝手に自己満足や自己解決をするなよ。もっとややこしくなる上に、なんの解決にもならねぇからな」

到着早々、自分のことは二の次にして羽織った白衣のポケットに、両手を突っ込んで現われたのは黒河だった。武田と駿介は、思わず固唾を呑む。

『黒河先生…』

玄次は座り込んだままの姿勢で、声もかけられずに見上げている。

「俺はお前の命なんか欲しくねぇし、指もいらねぇ。ついでに言うなら、組を解散したがために、大量の失業者が出るとかって、オチもいらねぇ。全部じゃまなもんばっかりだからな」

三方から見つめられながらも、黒河の視線は、武田にのみ向けられていた。

「ただ、どれだけあっても困らねぇってものはあるから、それを詫びに寄こせ」

責任を求めていた。

「――……困らないもの？」

武田はどんな要求にも応じる構えだった。

「ああ。脳死したときのお前の臓器…って言いたいところだが、少なくとも事故で脚をやったときに輸血を受けてる人間からは、無理だからな。ここに私財の一部を寄付でどうだ？　ん？」

しかし黒河は、白衣のポケットから利き手を出すと、一枚のチラシを突きつけた。

「医療募金…!?」

「全部背負って死ぬ覚悟があるなら、安いもんだろう。何も組の全財産寄こせって言ってねえし。お前の命の分で勘弁してやるよ。ただし、価格設定は自分でしろ。あんまり高くても安くても笑ってやるから、そのへんは踏まえてな」

要求は単純に金だった。それも金額が設定されていないだけに、戸惑うものだ。

『慰謝料を払え、でもそれは募金でって、どこまでカッコつければ気がすむんだよ、この男は』

が、それは黒河が武田に自己責任を問う姿勢であると同時に、すでに十分反省しているだろう相手に見せた情でもあった。お前もこれぐらいの度量を持てと言わんばかりの大温情だ。

「わかりました」

武田は力強く返事をすると、出されたチラシを受け取った。

『漢が惚れる漢…か』

どうして拉致の話が知れ渡ったときに、駿介が差し違えても守るべき相手だと言ってきたのか、また他の組の者たちがいっせいに動いたのかが、理屈抜きでわかった気もした。

『助かった…。先輩、感謝!!』

しかし、二人のやりとりに駿介がホッとしたのもつかの間、黒河の視線は玄次に向けられた。

「でもって、上杉にはテメェが一生かけて償え。あいつに関しては、結局俺じゃどうにもならねぇ。医師としてでなく、一個人に戻ったときのあいつを支えてやれるのは、お前だけだ。今だって、お前がいなければ、あいつの心は戻ってこれなかった。きっとどっかに飛んで行ってただろうからな」

「黒河先生?」

武田に向けた強気な眼差しが一変して、どこか弱々しいそれに、玄次は眉を顰めた。

「今回に関しては、俺もそうとう反省中なんだよ。上杉は許してくれたが、五年前に大事な者を亡くして傷ついたあいつに、職務意識を煽るっていう追い打ちをかけたのは、俺だ。医師であるあいつの姿しか見ないで、素に戻ったときの人格を無視して、結果的にはこんなことになった。あそこで俺がちゃんと気持ちを理解してやってれば、あいつは白衣も脱げたし、楽だっただろう。心に負った痛みを仕事でごまかすなんてこともしないで、治療に専念できる時間も確保できただろうによ」

ああ、だから黒河は、武田に対して寛大な処置をしたのだとわかった。

形やなりゆきは違えど、上杉に対して呵責が生まれたことは一緒だ。玄次とも、武田とも一緒だから、黒河はせめてもの償いに、これ以上上杉の立場が悪くならない、また玄次たちの立場も悪くならないよう、最善を尽くしたのだ。

「でも、それでも上杉先生が医師を続けてくださったおかげで、救われた命はたくさんあります。きっと、たくさんの人が先生に感謝をして、心からありがとうって笑顔で言ったはずです」

ただ、すっかり肩を落とした黒河に、あえて声をかけた者がいた。

「清水谷……？」

どの辺りから話を聞いていたのかはわからないが、それはこの数年もっとも黒河の近くで仕事を見てきた者だった。

「それに、本当に白衣を着ていることが辛かったなら、途中で脱ぐことはできます。いっそ恋人のところに逝ってしまいたいと願っても、それを実現することもできたはずです」

と同時に、ここに来てからの上杉の仕事を、誰より近くで見てきた者で――――。

「けど、そのいずれも選択しなかったのは、上杉先生が医師としての悦びをちゃんと感じていたからです。どんなに辛くても、その辛さよりもやり甲斐や充実感が勝っていたからです。何より、尊敬できる先輩医師の存在や、患者さんの笑顔があったから、どんなに苦しくても白衣は脱がなかった。それどころか、あえて医師道を直進したんだと、俺は思います」

素直に見たままま、感じたままを口にする清水谷に、黒河も玄次たちも救われたような気になった。

上杉に言われるのとはまた違う安心感があり、特に黒河は大きな溜息をついたほどだった。

「すみません。出過ぎたことを言って。でも、黒河先生が話を脱線させてるからですよ。武田さんがなかなか来ないから、上杉先生が心配してます。もう、会いたくないのかもしれないって」

黒河たちの反応を見ると、清水谷もまた、思いきって声をかけた緊張が、解けたという顔をする。

「――――薫が!?」

「ええ。ですから早く行ってあげてください。大分落ち着いてますから、ちゃんとお話もできます」

「わかりました。行ってきます!!」

ニコリと笑うと、ここに来た本来の目的を果たすために、玄次を上杉のもとへと向かわせる。

しかも、

「それから黒河先生。こんなときに申し訳ないですけど、救急で手が足りないそうです。ボコにされた身体に特別問題がないようでしたら、応援お願いできますか? 富田部長が、なりふり構わない状態になってます。浅香が半泣きで連絡してきましたから、そうとうみたいです」

それだけにとどまらず清水谷は、黒河にとってはどんな慰めや薬よりも効くだろう〝現実〟を突きつけると、一瞬にして顔つきを変えさせた。

「っ、わかった!! 行ってくる」

これこそがいつもの黒河、敬愛すべき医師という表情に変えさせ、でも普段に比べて多少ヨロヨロとしながら走り去った黒河を見送ると、その後は残された男たちのほうに視線をやった。

「――――ということで、この後の始末は駿介くん、お願いしますね」

「俺!?」

そして、同じ学舎の後輩にあたる駿介には、自分たちでは負いきれない組織内での解決を。

「はい。武田さんのお兄様には、これから基金の振り込み先等のご説明をしますから。さ、こちらへどうぞ」

「…っ…、はい?」

武田には少しでも早い償いと、そのことで少しでも軽くなるだろう罪悪感に満ちた心の救済を。

「あ、ところで組の皆さんも、多少は預金ぐらいお持ちなんですよね?」

「――――まあ、大概は」

「じゃあ、よかったですね。みなさんも黒河先生たちに、変なお詫びをしないですみますね。とっても健全な、ごめんなさいでいいじゃないですか。指なんか落とされても繫ぐ手間がかかるだけですし、余計に先生の仕事が増えるだけですからね」

それぞれに自分でできる働きかけをすると、清水谷はそれだけにとどまらず、病院の外で待機していた根本たちにも、笑顔でチラシを配って歩いた。

「え？　これですか？」

いまいちよく理解できていなかった根本たちは首を傾げたが、

「……………俺が後始末？」

同じく駿介も、しばらく頭を抱えていたが、そんなことをいちいち気にしていたら、日々白衣は纏えない。ここで黒河と共には働けない。清水谷は終始笑顔でやり過ごすと、こんなところでもしっかり、黒河について学んでいる成果を見せつけた。誰に気づかれることもなく、こっそりと。


武田はともかく、舎弟たちまでそんなことになっているとは思いもよらない玄次は、身体の痛みも忘れて、上杉のもとに向かった。それは奇しくも救急で運ばれてきたときに一時入院した病室で、玄次は覚えのある部屋に向かうと、躊躇いながらも扉を開けた。

「薫!!」

果たしてどんな状態なのか、またどんな話をされるのか、不安は山ほどあったが、まずは無事な姿を確かめたくて、部屋に入ると真っ直ぐにベッドへ向かった。

「玄次…」

目と目が合うと微笑を浮かべた上杉に、まずは安堵し、両腕を伸ばした。何かを言う前に触れたくて、抱き締めたくて、玄次は巻かれた包帯が痛々しい手を、上杉に向けた。

しかし、

「ごめん。俺…」

その手を拒むと、上杉は横たえていた身体を起こした。まるで、二人の間には謝罪と別離しかない。そんなことを予感させる顔つきで、ベッドの上とはいえ両手をつくと、深々と頭も下げた。

「あ、謝るなよ!! 薫をここまで追い詰めたのは、俺たちだぞ。薫は何も悪くないだろう!?」

「でも、俺はお前の父さんを、お前を育ててくれた大切な人を…、死なせてしまった」

華奢な身体が震える。今にしてみれば、このほっそりとした身体のどこに、あの場でトリアージに及んだだけの力があったのだろうと思う。どれほどこの身を震わせながら、あの惨事の渦中に飛び込んでいったのだろうと。

「それは、誰が診ても同じだったんだよ。結局あの場では、誰にもどうにもできなかったんだよ。俺たちが、それに気づけなかっただけで…。いや、わかっていたのに、逆恨みしただけで。薫も誰も悪くない。悪くないんだよ」

玄次はベッドに腰をかけると、震える身体を抱き締めた。

「――――…玄次」

「それに、あのとき薫たちが頑張ってくれたから俺は生きてるし、兄貴も見上も根本も生きてるんだろう!? 組員だって、全員ちゃんと生きてるんだろう?」

細くてサラリとした髪に唇を寄せると、上杉は何度かしゃくり上げる。

「俺たちは、確かに親父は亡くしたけど、でも薫たちの懸命な努力があったから、こうして生き延びた。ちゃんと家に帰ることもできた。本当は、もっとそのことに感謝するべきだったんだ。それがどれほどすごいことなのか、きちんと考えるべきだったんだよ。それなのに――――」

無理じいしない程度に顔を上げさせようと頬に触れると、すでにそれは濡れていた。

手のひらだけでは拭いきれないほど、後から後から涙が溢れて止まらなかった。

「ありがとうな、助けてくれて。この言葉が今になって、ごめんな」

だが、そんな上杉を今一度玄次が強く抱き締めると、上杉の涙に濡れた睫は一際大きく震えた。

「俺たちは、本当に薫や多くの医者の心に傷をつけて生き長らえた。これ以上はどうすることもできないっていう極限の中での選択と、それと引き替えに生まれるだろう苦痛のおかげで生き延びたんだよな」

恐る恐る視線を上げると、懸命に気持ちを伝えようとする玄次の姿を、その目に映した。

「大事にするよ、この命。薫が負った心の傷の分も、親父の分も、そして…薫の元彼の分も。自分だけの命じゃないとか、身体じゃないとか、そんなの妊婦に対する言葉だと思ってたけど、本当はそうじゃないんだよな」

思わず嗚咽を堪えた上杉を、尚も強く抱き締める。

「本当は好きで、愛してて、守ってやりたい相手がいるなら、自分勝手にしちゃいけないもんなんだよな。たとえそういう相手がいなかったとしても、いつどこで現われるかもわからないし。生きていれば、きっと自分を必要とする誰かに出会うことがあるんだから、粗末にしちゃいけないんだよな」

と、玄次はこれまで考えたこともなかっただろうことを口にした。

わかっていても、大事にしていなかった。意識して大事にしていなかったことを反省しながら、包帯で嵩張る手のひらで何度も上杉の髪や頬を撫でつけた。

「な、そうだろう？　薫」

そうして、今朝愛したように、今ではもっと愛していると伝えるように、いっそう強く抱きすくめると、上杉の白い額にキスをした。

「玄次…」

「俺、待ってる間にずっと考えてた。もしかしたら、親父や薫の元彼が命を張って、俺と薫に出会いをくれたのかなって。勝手な話だけど、俺も薫も幸せにならなかったら、二人とも成仏できねぇだろうなって。特に俺は、親父からも薫の元彼からも毎晩枕元に立たれて、きっと…何やってんだお前って、責められるって――」

上杉は、尚も込み上げてくるものが押さえきれずに、抱き締める玄次の胸に顔を埋めた。

「だから、俺は、もう偶然に偶然が重なったなんて思わない。俺が薫を手に入れたのは、運命だし宿命だし愛の力だと思う。いや、袖にされ続けても諦めなかった、俺の執念と根性のたまものだって言いきるぞ」

晴れた空より澄んだ瞳を持った男の腕の中に、躊躇いながらも身を委ねた。

「だから、薫もそう思ってくれよ。今からでもいいから、そう、信じてくれよ。頼むから〝ごめん〟はやめてくれ。その後に〝さよなら〟とか言おうと思ってたんなら、今すぐ忘れてくれ。そんなのなんの解決にもならねぇよ。俺はやくざだけど、一生薫のことは守るから。必ず薫だけは守るから。も

う、二度と裏切らない、背も向けない。だから、頼むから――――さ」

冷静になればなるほど、二人の間には謝罪と別離しかないと思っていた。けれど、玄次は他に選択があることを、真摯に訴えてきた。

『本当に、どこまで身勝手で、どこまで自分本位なんだよ』

愛する気持ちも、守護する気持ちも、何より一緒に幸せになりたいんだと願う気持ちも必死に。

『強引で傲慢で、なのに熱くて激しくて。やくざのくせして、なんでそんなに真っ直ぐなんだよ』

上杉は、これが最後だからと思いながら、瞼の裏に焼きつく章徳に問いかけた。

「薫？」

いいんだろうか、このままずっとこうしていて許されるんだろうか、と問いかけた。

「なら、組や兄さんや組員たちも、ちゃんと一緒に守ってやらなきゃな」

章徳がなんと答えたのかは、上杉にしかわからない。だが、何かが吹っきれたように、上杉はクスリと笑うと、顔を上げて玄次を見つめた。

「いや、別にもう、あいつらは…。混ぜると話がややこしくなるってわかったし」

「馬鹿言え。そうでないと困るんだよ。俺も、まだまだ人の命を守るから。毎日絶えることなく現われるんだろう、患者たちも守るから」

今朝交わしたばかりの約束が、改めて交わされる。何一つ変えることなく、交わされる。

「薫…」

「ありがとう、玄次。お前、気づいてないだろうけど、最高の口説き文句もくれたんだよ。個人の俺も、医師としての俺も、どっちもまいるような最高の口説き文句を」

上杉は、そう言うと自分からも玄次を抱き、その胸に顔を埋めた。そして、一生忘れないだろう口説き文句――――玄次という患者であり、遺族であり、何より恋人からの感謝の言葉を噛み締めた。

〝ありがとうな、助けてくれて〟

それは、決して章徳では言えない、言ってもらえない言葉だった。

〝大事にするよ、この命〟

玄次だからこそ言える、言ってくれる、上杉にとっては最高の言葉だった。

「え？　何が？　何がそんな必殺必勝の落とし文句だったんだよ？」

「わかってないなら、別にいいよ。でも、とにかく俺がグラッてきたんだから、それでいいんだよ」

どんなに見返りなど求めない、それを求めて勤めているのではないと思っても、患者として接した相手から貰って、こんなに嬉しい言葉はない。こんなに励みになる思いもない。

「なんだよ、それ…。薫もけっこう強引だよな。まぁ、そうやって自分勝手なこと言ってるほうが、薫らしいって言えば、薫らしいけどよ」

上杉は、だから医師を続けてこられたのだろうと、玄次の言葉で再確認した。

「勝手なのは、お前だろう!?　だいたいなんだよ、この顔は。人が倒れてる間に、また喧嘩か？」

「これは、馬鹿な騒ぎを起こしやがってって激怒した、よその組長からボコにされたんだよ。まあ、それでも私財没収の兄貴よりは、いいかもしれねぇけどよ」

きっと黒河も、これと同じ悦びを知っているから続けてこられたし、またこれからも続けていくのだろうと再確認した。

「私財没収？」

「ああ。詫び料は自分で決めろって言われたら、全部投げ出すしかねぇだろうからな」

ただ、そうは思っても、上杉は玄次から黒河と武田のやりとりを聞かされると、自分はまだまだ彼と肩を並べるまでにはいかないな、と思った。

「ぷっ!! でも、それはまだいいほうだぞ。武田さんやお前たちがなんの問題もない身体してたら、きっと脳死後に全臓器を寄こせって言われたはずだから。それこそ悪魔か死神かっていう契約をさせられて、死後のために健康になれって、禁酒禁煙をしいられることは間違えないだろうからな」

「は!? なんだそれ？ あいつ何者!?」

たとえ玄次と肩を並べて歩くことができても、黒河とだけは、白衣を纏った敬愛すべき医師とだけは、まだまだ時間がかかりそうだな、と。

「神の領域に入ることが許された男。だからこそ、神からは両手を、死神からは両目を預けられた男――ってことかな」

「？」

「ようは、俺やお前たちが束になっても敵わないってことだよ。それが嬉しいぐらいいな」

それでも今上杉は、心から笑っていた。玄次の腕の中で笑っていた。

それは上空一万メートルの雲の上より爽やかで、澄み渡った空より眩い、極上の笑顔だった。

おしまい♡

あとがき

こんにちは。このたびは本書をお手に取っていただきまして、誠にありがとうございました。本書でテーマに取り上げた「トリアージ」は、実は「Blind Love」を執筆していたときには、いずれ書こうと決めていたものでした。ただ、いざ取りかかってみると、これを私が書いてよかったんだろうか、書くには力不足だったんじゃないだろうかと思い悩むことが多々あり、こうして形になるまでにはいろんな葛藤がありました。特に上杉《うえすぎ》には気持ちが入りすぎてしまって、わけのわからない文章になってしまったりして…。今までで一番校正&改稿が激しい一冊だった気がします。

けど、それでも精一杯頑張ったので、読み終えてくださった方に、何か感じていただけたらいいな、伝えられたらいいな…と思います。

――ということで、今回もハーハーしながら書き上げた本書に素敵なイラストをつけてくださった水貴《みずき》先生、ありがとうございました。そしてあらゆる面で尻拭いをしてくださった担当様にも感謝です。幸いなことに、まだこの先もお世話になる予定がございますので、今後ともどうかヨロシクです。それでは皆様、またどこかでお会いできることを祈りつつ。

http://www.h2.dion.ne.jp/~yuki-h

日向唯稀《ひゅうがゆき》♡

イラスト担当水貴デス。
久しぶりの巻末なのに、切羽詰って
何を描いているのやら（笑）
・・・私、玄次好きですよ？
愛情です。誤解なきよう・・・！

次回Dr.シリーズ10巻（凄！）
でお会いできますようにv

ではでは、お世話になりました
日向先生、アシスタントさま方、
担当様へ改めて感謝を。
ありがとうございました！

水貴はすの

CROSS NOVELS既刊好評発売中

抱いても抱いてもまだ足りねえ。
抑えきれない愛情は、やがて獣欲へと変わる。

Today ～白衣の渇愛～

日向唯稀　Illust 水貴はすの

「お前が誰のものなのか、身体に教えてやる」

癌再発防止治療を受けながらも念願の研究職に復帰した白石は、親友で主治医でもある天才外科医・黒河との濃蜜な新婚生活を送っていた。だが、恋に仕事にと充実した日々は多忙を極め、些細なすれ違いが二人の間に小さな諍いを生むようになっていた。寂しさから泥酔した白石は、幼馴染みの西城に口説かれるままに一夜を共にしてしまう。取り返しのつかない裏切りを犯した白石に黒河は……!?

CROSS NOVELS既刊好評発売中

どこまでも穢してやりたい

引き裂かれる黒衣。すべてがあの夏の日から始まった。

MARIA—白衣の純潔—

日向唯稀

Illust 水貴はすの

東都医大の医師・伊万里渉は、兄のように慕っていた朱雀流一に先立たれ、哀しみの中で黒衣を纏った。そんな渉の前に突然、流一の弟で極道に身を堕とした幼馴染み・駿介が姿を見せる。彼は、周囲から『流一の愛人』と囁かれていた渉を組屋敷へ攫い、「お前は俺のものだ。死んだ男のことなんて忘れさせてやる」と凌辱した。かつての面影を失くした漢から与えられる狂おしい快感。しかし、それは渉に悲痛な過去を思い出させて——!?

CROSS NOVELS既刊好評発売中

この手が俺を狂わせる――

報われない恋心。救えるのは――同じ匂いを持つ医師《おとこ》。

PURE SOUL ―白衣の慟哭―

日向唯稀 Illust 水貴はすの

「お前の飢えは俺が満たしてやる」
叶わぬ恋を胸に秘めた看護師・浅香は、クラブで出会った極上な男・和泉に誘われ、淫欲に溺れた一夜を過ごす。最愛の人を彷彿とさせる男の硬質な指は、かりそめの愉悦を浅香に与えた。が、１カ月後――有能な外科医として浅香の前に現れた和泉は、唯一想い人に寄り添える職務を奪い、その肉体も奪った。怒りと屈辱に傷つく浅香だが、快楽の狭間に見る甘美な錯覚に次第に懐柔され……。

CROSS NOVELSをお買い上げいただき
ありがとうございます。
この本を読んだご意見・ご感想をお寄せください。
〒110-8625
東京都台東区東上野2-8-7　笠倉出版社
CROSS NOVELS 編集部
「日向唯稀先生」係／「水貴はすの先生」係

CROSS NOVELS

Love Hazard ～白衣の哀願～

著者

日向唯稀

©Yuki Hyuga

2009年5月24日　初版発行　検印廃止

発行者　笠倉嗣仁
発行所　株式会社　笠倉出版社
〒110-8625　東京都台東区東上野2-8-7　笠倉ビル
[営業]ＴＥＬ　03-3847-1155
ＦＡＸ　03-3847-1154
[編集]ＴＥＬ　03-5828-1234
ＦＡＸ　03-5828-8666
http://www.kasakura.co.jp/
振替口座　00130-9-75686
印刷　株式会社　光邦
装丁　團夢見(imagejack)
ISBN　978-4-7730-9956-0
Printed in Japan

乱丁・落丁の場合は当社にてお取替えいたします。
この物語はフィクションであり、
実在の人物・事件・団体とは一切関係ありません。